kosmos

Jörg Vierke

Räuberbande im Aquarium

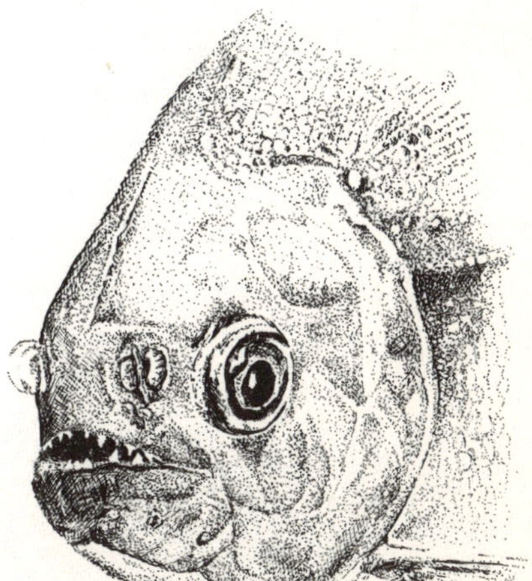

Jörg Vierke

Räuberbande im Aquarium

Franckh-Kosmos

Impressum

Mit 30 Schwarzweißzeichnungen vom Autor sowie 17 Farbaufnahmen von Burkard Kahl (7; Seite 17, 18, 35 unten, 56), Arend van den Nieuwenhuizen (1; Seite 55 unten) und dem Autor (9).

Umschlaggestaltung von Atelier Reichert, Stuttgart, unter Verwendung von 4 Farbaufnahmen von Burkard Kahl (3 kleine Bilder) und dem Autor (großes Motiv).

Die Umschlagvorderseite zeigt im großen Bild einen Goldenen Schlangenkopf (*Channa stewartii*) sowie einen Hechtkopf (*Luciocephalus pulcher*) und das Porträt eines Raubsalmlers (*Hydrocynus vittatus*), die Umschlagrückseite einen Südamerikanischen Vielstachler (*Polycentrus schomburgki*).

Die Deutsche Bibliothek – CIP-Einheitsaufnahme

Vierke, Jörg:
Räuberbande im Aquarium : [Schlangenkopffische und andere Räuber] / Jörg Vierke. – Stuttgart : Franckh-Kosmos, 1993
ISBN 3-440-06583-9

ISBN 3-440-06583-9
Lektorat: Angela Wolf
Herstellerin: Kirsten Raue
Printed in Germany/Imprimé en Allemagne
Satz: G. Müller, Heilbronn
Herstellung: Huber KG, Dießen

Inhalt

Inhalt

Einführung

Wer Besucher in einem Schauaquarium beobachtet, weiß, daß Raubfische eine besondere Anziehungskraft besitzen. Aber auch jeder Liebhaberaquarianer kann tropische Raubfische in seinem Heimaquarium halten. Die wenigsten von ihnen passen allerdings in das Gesellschaftsaquarium. Für viele braucht man ein Extrabecken. Dieser Nachteil wird dadurch aufgewogen, daß man zu Raubfischen, anders als zu den meisten Kleinfischen, einen persönlichen Kontakt aufbauen kann.

Raubfische sind intelligenter als die meisten anderen Fische – vielleicht ist das eine Voraussetzung für eine erfolgreiche Jagd. Viele lernen ihren Pfleger bald kennen, nehmen ihm das Futter aus der Hand und lassen sich von ihm sogar streicheln. Aber Vorsicht vor Verallgemeinerungen! Bei einigen Arten sollte man sich hüten, ihnen mit der

Ein junger Tigersalmler (*Hoplias malabaricus*, Text Seite 50) beim Verschlingen eines Beutefisches.

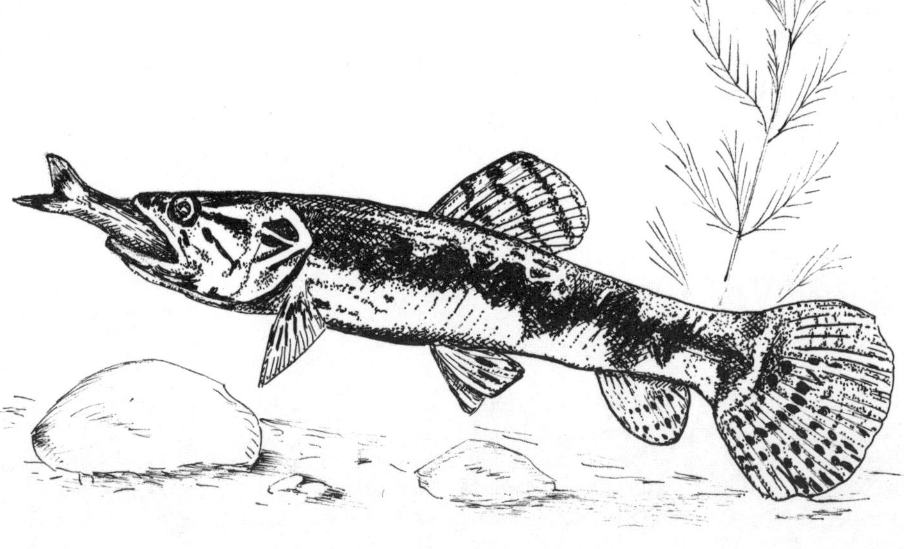

ungeschützten Hand zu nahe zu kommen!
Auch wenn viele der Räuber ein Extra-Aquarium brauchen, sind sie meist mit vergleichsweise kleinen Becken zufrieden. Raubfische haben normalerweise nur ein recht geringes Bewegungsbedürfnis. Als Ansitzjäger sind viele von ihnen darauf eingestellt, lange Zeit fast bewegungslos zu verharren und auf ihre Beute zu warten.
Die Futterbeschaffung ist nicht immer einfach, denn die meisten Raubfische sind Fischfresser. Glücklicherweise kann man viele von ihnen an Ersatzfutter in Form von in Streifen geschnittenem Rinderherz, an Forellenfilet oder an Futtertabletten gewöhnen. Sehr viele Arten nehmen gern auch Gartenregenwürmer.
Die Anzahl der Raubfisch-Arten, die man als Aquarianer halten könnte, ist riesengroß. Ich kann hier nur einen Teil ausführlich behandeln. Bei den besonders interessanten Schlangenkopffischen habe ich mich bemüht, alle bisher bekannten Arten möglichst vollständig zu behandeln. Andererseits habe ich ganze Gruppen von Raubfischen unterschlagen: Ich habe nur die für den Aquarianer besonders geeigneten Arten aus den Süßwassergebieten der Tropen beschrieben.
Möglicherweise vermissen die Labyrinthfischfreunde in diesem Buch Buschfische, von denen man einige Arten sehr wohl zu den Raubfischen zählen kann, vielleicht vermissen Buntbarschfreunde Hechtbuntbarsche und einige weitere räuberische Cichliden. Ich habe diese teilweise äußerst interessanten Fische, wie übrigens auch die Welse und Grundeln, ganz bewußt herausgelassen. Zum einen muß ich mich bei der Auswahl der Arten einschränken, damit ich auf die hier vorgestellten Arten mit der notwendigen Ausführlichkeit eingehen kann, zum anderen verfügen aber die Liebhaber der eben angesprochenen Fischgruppen schon über ausreichend Fachliteratur zu den in Frage kommenden Arten.

Was sind Raubfische?

Im Sprachgebrauch vieler Aquarianer sind »Räuber« Fische, die sich nicht so verhalten, wie der Pfleger es sich wünscht. Es sind Fische, die im Boden wühlen und dabei Pflanzen ausgraben, Fische, die ihre Mitbewohner ständig jagen oder ihnen sogar kräftige Bißwunden zufügen. Solche Verhaltensweisen sind im Aquarium zweifellos nicht willkommen. Es steht dem Aquarianer

sicher auch frei, wie er in seinem Ärger diese Fische titulieren will – »Raubfische« sind es in aller Regel jedenfalls nicht, über die er sich ärgert.
Unter Raubfischen versteht man Fische, die sich in erster Linie von Wirbeltieren ernähren, also von Fischen, Lurchen, Reptilien, Vögeln oder Säugetieren. In den allermeisten Fällen handelt es sich bei den Beutetieren um Fische, an zweiter Stelle dürften Lurche stehen. Raubfische sind also vorwiegend Fischfresser, was nicht ausschließt, daß sie hin und wieder auch andere fleischliche Beute nehmen, wie z.B. Würmer oder größere Insekten.
Die Abgrenzung ist schwerer, als es auf den ersten Blick scheint. In der Tat sind die allermeisten Fische Fleischfresser, und die meisten von ihnen fressen gern auch kleine Fische, wenn sie sie nur erbeuten können. Selbst die harmlosen Guppys, die neben Algen und Trockenfutter gern auch kleine Tümpeltiere zu sich nehmen, vergreifen sich an kleinen Fischen. Sogar ihre eigenen Jungen werden oft nicht verschont. Da Guppys jedoch, wie die allermeisten unserer anderen Zierfische, nur gelegentlich Fische erbeuten und dann auch nur sehr kleine, zählt man sie im Gegensatz zu den Raubfischen zu den »Friedfischen«.
Die Grenze zwischen Raub- und Friedfischen ist absolut fließend. Sie durchzieht die verschiedensten Fischfamilien und ist immer wieder durch mannigfaltige Übergänge gekennzeichnet. Unter den Welsen beispielsweise findet man extreme Räuber wie Großmaulwelse (*Chaca chaca*) und Katzenwelse, aber auch die harmlosesten Gesellen wie Panzer- und Saugwelse. Entsprechendes gilt für Buntbarsche, Salmler, Labyrinthfische und viele andere Fischgruppen.

Schlangenkopffische (Ordnung Channiformes)

Allgemeines

Nicht nur der breite, mit großen Schuppen und einem riesigen Maul versehene Kopf dieser Fische erinnert an Schlangen, auch der langgestreckte Körper und ihre an Land schlängelnden Bewegungen lassen Assoziationen zu diesen Reptilien aufkommen. Große Schlangenkopffische können unange-

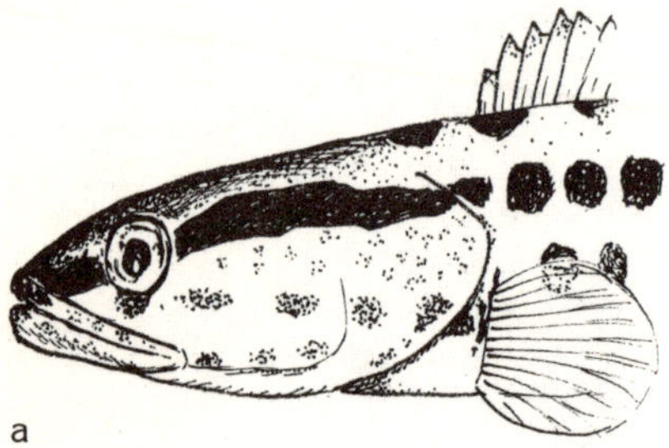

a

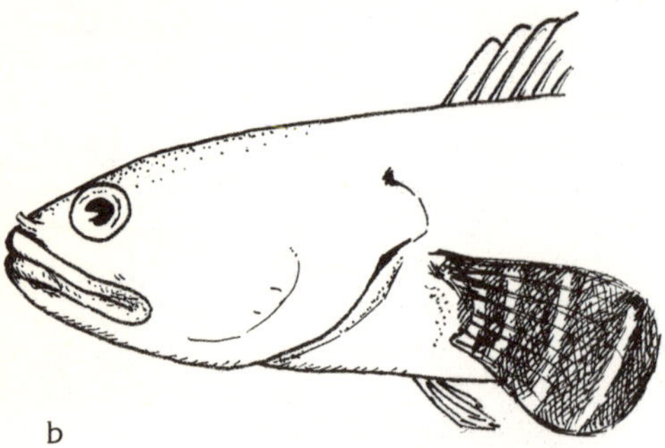

b

c

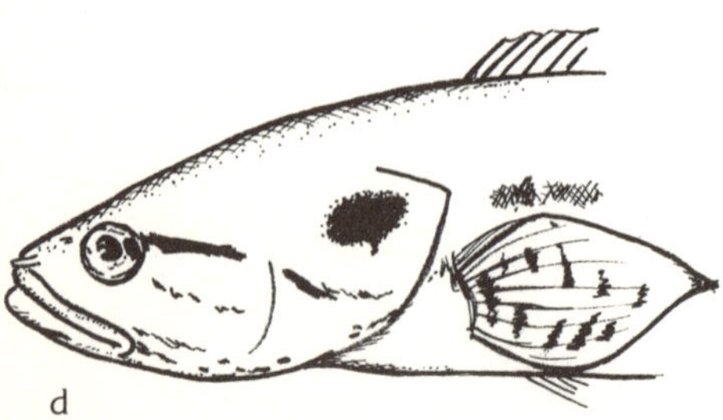

d

Kopfzeichnungen und -profile einiger ausgewachsener Schlangenkopffische im Vergleich:
a) *Channa argus*
b) *Ch. gachua*
c) *Ch. striata*
d) *Ch. bankanensis*
e) *Ch. lucia*
f) *Ch. pleurophthalma*
g) *Parachanna africana*
h) *Parachanna obscura*

nehm beißen. Die asiatischen Fischer, die einigen Schlangenkopf-Arten nachstellen, wissen das natürlich und sind entsprechend vorsichtig. Von einer Art, *Channa marulia,* dem Indischen Schlangenkopf, wird sogar abergläubisch angenommen, sein Biß sei tödlich wie der einer Giftschlange. Die Fischer um Bangkok nennen den Fisch »pla chon ngu hao«. Mit »pla chon« ist *Channa gachua* gemeint, »ngu hao« bedeutet Kobra!

Verbreitung und Systematik

Schlangenkopffische sind in den Tropen Asiens und Afrikas weit verbreitet. Sie kommen in schnellfließenden Urwaldflüssen ebenso vor wie in Sumpfländereien, Reisfeldern, Kanälen und Tümpeln. Auch wenn einzelne Arten ausgesprochen selten gefangen werden, sind Schlangenköpfe ganz allgemein häufige Fische. Die am weitesten in den Norden vorgedrungene Art ist *Channa argus*, die im Amurgebiet, also

in Nordostchina und im äußersten Osten Rußlands vorkommt.
In Afrika leben drei Schlangenkopf-Arten. Die Zahl der in Asien lebenden Arten ist mit etwa 25 Arten nur als grobe Schätzung anzugeben, denn es ist nicht immer leicht, die vielen Zweitbeschreibungen den gültigen Namen zuzuordnen. Die Arten können im Aussehen sehr variieren, überdies sind einige Arten auch zu schnellem Farbwechsel fähig. Vor allem aber unterscheiden sich die Jungtiere in ihrer Färbung erheblich von ihren Eltern.
Trotz ihrer Bedeutung als Nutzfische und der zunehmenden Beliebtheit bei Aquarienliebhabern haben sich die Wissenschaftler lange Zeit kaum an die Bearbeitung der Gruppe herangewagt. Erst in allerjüngster Zeit erschienen sehr beachtenswerte Untersuchungen von NG und LIM über die südostasiatischen Arten. Diese Arbeiten wurden hier selbstverständlich gebührend berücksichtigt.
Kennzeichnendes Merkmal der Schlangenkopffische ist neben ihrer ausgefallenen Körperform das Labyrinthorgan. Es handelt sich um eine mit Luft gefüllte Kammer, die sich über dem Kiemenraum befindet. Dieser sogenannte Suprabranchialraum ist von vielen Falten durchzogen, die von einer gut durchbluteten Haut überdeckt sind. Er dient neben den Kiemen als Atemorgan, seine Funktion gleicht der unserer Lunge. Regelmäßig kommen Schlangenkopffische an die Wasseroberfläche, um die Luft in dieser Atemhöhle zu erneuern. Auch die Labyrinthfische haben ein der-

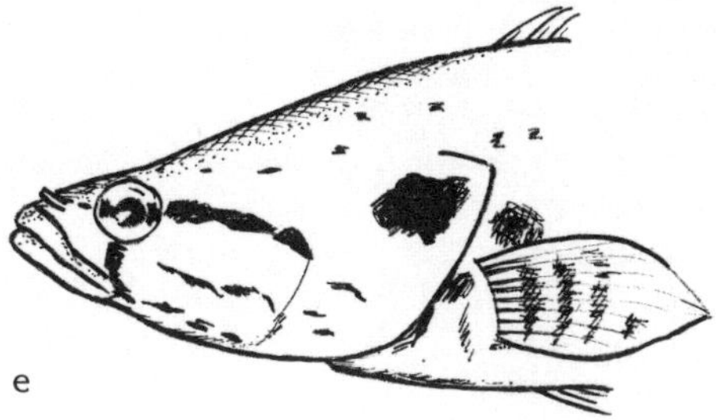

e

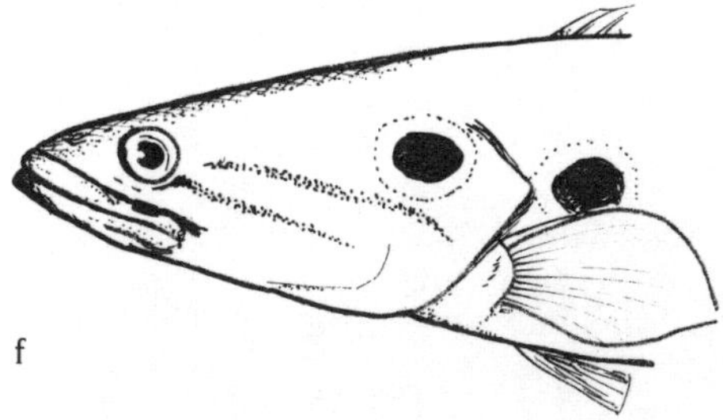

f

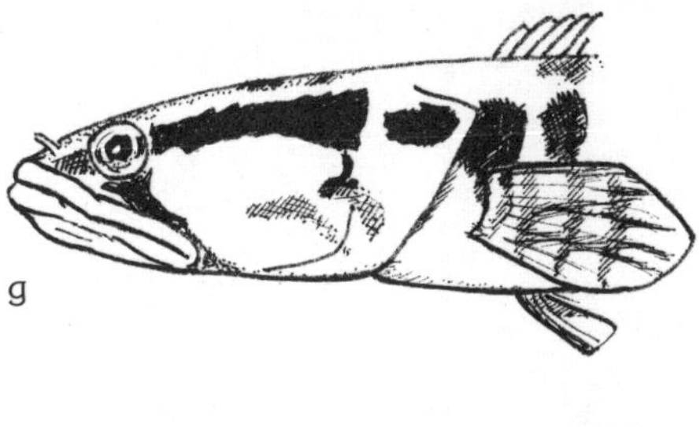

g

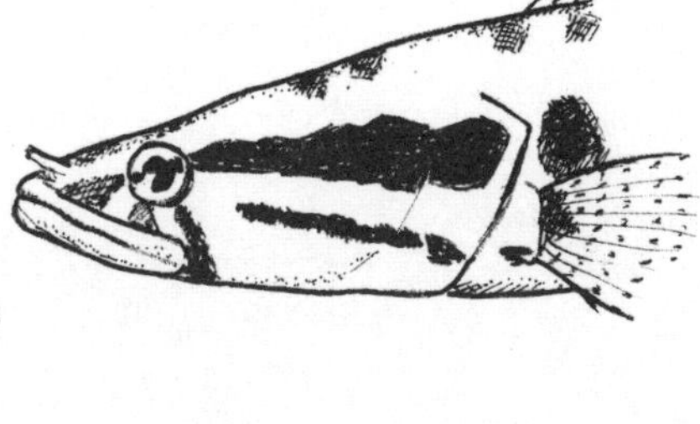

h

artiges Suprabranchialorgan. Die Bezeichnung »Labyrinth« bezieht sich auf die vielfachen Fältelungen der Kammer. Es handelt sich in beiden Fällen um eine Anpassung an die schlechten Sauerstoffverhältnisse in morastigen, oft sonnendurchglühten Tümpeln und Sümpfen. Auch andere dort lebende Fische haben solche akzessorischen (zusätzlichen) Atemorgane: Knochenzüngler und verschiedene Welse, aber auch einige der in diesem Buch vorgestellten Raubsalmler.
Die Familie der Schlangenkopffische (Channidae) wird aufgrund vieler anatomischer Eigenheiten einer eigenen Ordnung Channiformes zugeordnet. Die Labyrinthfische, zu denen man Kampffische und Fadenfische zählt, gehören dagegen mit vielen anderen Familien zur Ordnung der Barschartigen (Perciformes). Neuerdings wird eine nähere Verwandtschaft zwischen Schlangenköpfen und Labyrinthfischen vermutet, andererseits gibt es aber gerade im Verhalten doch grundsätzliche Unterschiede, die überzeugend dagegensprechen.
Früher hatte man die Channidae in die beiden Gattungen *Ophicephalus* (fälschlich oft *Ophiocephalus*) und *Channa* aufgeteilt. Als Unterscheidungsmerkmal galt der Besitz von Bauchflossen bei *Ophicephalus* und deren Fehlen bei *Channa*. MYERS und SHAPOVALOV (1932) belegten jedoch eindrucksvoll, daß diese Unterteilung nicht aufrecht erhalten werden kann und daß der Gattungsname *Ophicephalus* eingezogen werden muß.
Die afrikanischen Labyrinthfische werden heute vielfach als *Parachanna* bezeichnet, wenngleich sich dieser Regelung bisher nicht alle Systematiker anschließen. Die »Afrikaner« zeichnen sich durch ein einfacheres Suprabranchialorgan aus.
Ohne Zweifel stammen die Gattungen *Channa* und *Parachanna* von gemeinsamen Vorfahren ab. Wie auch die Vorfahren der jetzigen Buschfische, sind ihre Ahnen vor etwa 25 bis 20 Millionen Jahren auf dem Landweg eingewandert. Damals war Afrika mit Asien über eine breite, klimatisch begünstigte Landbrücke verbunden, die vielen Tieren, darunter auch Fischen, ein sukzessives Vordringen ermöglichte. Heute bestehen diese Gebiete (Arabien, Iran) vorwiegend aus Wüste.
In welche Richtung die Wanderung speziell bei den Schlangenkopffischen erfolgte (ob die jetzigen »Asiaten« ursprünglich aus Afrika oder die afrikanischen Arten seinerzeit aus Asien kamen), läßt sich nur sehr schwer sagen. Die Ursprünglichkeit des Suprabranchialorgans der afrikanischen Schlangenkopffische läßt die erste These wahrscheinlicher erscheinen, die vergleichsweise geringe Artenzahl der Afrikaner spräche eher für die zweite Annahme.

Die Haltung

Nur wenige Fische sind im Hinblick auf die Wasseransprüche und die Nahrung so genügsam wie die Schlangenkopf-

fische. Bei der Haltung spielen die chemischen Wasserwerte weit weniger als bei den meisten tropischen Fischen eine Rolle. Aus diesem Grunde werde ich bei den Artbeschreibungen auch nicht im einzelnen darauf eingehen. Sicher beruht diese Unempfindlichkeit auf dem Besitz des Labyrinthorgans. Selbst in unbewegtem und relativ warmem Wasser leiden Schlangenköpfe aus schnellfließenden Gewässern wegen ihrer Zusatzatmung nicht unter Sauerstoffmangel. Auch in organisch stark belastetem Wasser erweisen sich Schlangenkopffische als außerordentlich hart.
An die Nahrung stellen Schlangenkopffische ebenfalls nur bescheidene Ansprüche. Sie sind leichter als viele andere Raubfische an Ersatznahrung zu gewöhnen. Dabei ist allerdings zu beachten, daß sie nur Futter tierischer Herkunft erhalten. Neben Futterfischen fressen sie gern lebende oder tote Insekten (z. B. tiefgefrorene Heuschrekken – vor dem Verfüttern auftauen –), »Mehlwürmer«, lebende Regenwürmer, Forellenpellets und Fleischstückchen. Man sollte sich jedoch hüten, zu reichlich oder ausschließlich Fleisch von Säugetieren zu verfüttern. Das belastet den Verdauungstrakt der Schlangenköpfe. Auch zu fettreiches Fleisch sollte man meiden.
Futter, das nicht sofort gefunden wird, wird in aller Regel nach wenigen Minuten aufgespürt, denn Schlangenkopffische haben einen ausgezeichneten Geruchssinn, der sie sehr bald zu ihrem Futter führt.
Das Beuteverhalten großer Schlangenkopffische kann sehr eindrucksvoll sein. In Freiwasser greifen einige Arten Beutetiere, die fast so groß wie sie selbst sind. Das können Fische und Lurche, aber auch Wasservögel und kleinere Säuger sein. Normalerweise warten sie, bis sich ein Beutetier so weit genähert hat, daß sie es im plötzlichen Vorstoß verschlingen können.
Bei einigen Arten kann das riesige Maul weiter aufgerissen werden, als der eigene Körperumfang ausmacht. Selbst Fische von der halben Größe des Schlangenkopfes können von dem plötzlich aufgerissenen Maul so weit eingesogen werden, daß nur noch ihre Schwanzflosse zu sehen ist. Um den Sog noch zu verstärken, preßt der Schlangenkopf gleichzeitig die im Labyrinthorgan vorhandene Luft heraus. Nun völlig kopflastig geworden, schwimmt er dann sogleich zum Luftholen an die Wasseroberfläche.
Wie oben angedeutet, liegt die eigentliche Schwierigkeit bei der Haltung von Schlangenkopffischen in der Vergesellschaftung. Dagegen gibt es kaum pflegeleichtere Fische als einzeln gehaltene Schlangenköpfe! Dann kommen diese Tiere auch mit wenig Platz aus, ohne darunter erkennbar zu leiden.
Eine Grundregel in der Aquaristik besagt, daß ein Aquarium niemals zu groß sein kann. Dieses gilt in besonderem Maße für die Haltung von *mehreren* Schlangenkopffischen. Während junge Schlangenköpfe gesellig im Schwarm zusammenleben, sind Alttiere sehr revierbewußt. Der Aquarianer, der eine Kleingruppe Schlangenkopf-

fische erwirbt, wird erleben, daß die anfangs noch friedlichen Tiere zunehmend aggressiver werden, bis schließlich ein Fisch nach dem anderen auf der Strecke bleibt. Wer nicht eingreift, hat am Schluß im günstigsten Fall noch zwei Schlangenkopffische übrig: in aller Regel ein Paar. Je größer ein Aquarium ist, je besser es mit Wurzeln, Steinen und Pflanzen ausgestattet ist, desto besser gelingen Vergesellschaftungen. In sehr großen Becken kann man jahrelang auch mehrere geschlechtsreife Tiere miteinander halten.

Die Vergesellschaftungsprobleme kommen oft schneller, als der Aquarianer sich das denkt. Gut ernährte Schlangenkopffische wachsen sehr schnell heran. Mit etwa gleichgroßen Fischen kann man Schlangenkopffische meist recht gut zusammenhalten. Hier bieten sich Kletterfische (*Anabas testudineus*) oder größere Buschfische (*Ctenopoma acutirostre*) oder verschiedene Buntbarsche an. Allgemeingültige Rezepte sind aber kaum zu geben. Einige Arten sind sehr aggressiv und daher nur schwer zu vergesellschaften (z. B. *Channa striata* oder *Channa marulia*), andere, wie die kleinbleibenden *Channa orientalis* oder *Channa bleheri,* bereiten weit weniger Probleme.

Zum Schluß ein Punkt, der bei der Haltung von Schlangenkopffischen besondere Beachtung verdient: Schlangenköpfe sind ausgezeichnete Springer. Man muß damit rechnen, daß sie auch die kleinste Lücke in der Abdekkung nutzen, um das Aquarium zu verlassen. Wenn die Fische dann nicht schnell aufgefunden werden, sind ihre Kiemen in der trockenen Luft unserer Wohnräume bald ausgetrocknet, und die Fische sind nicht mehr zu retten. Sicher dürfte das die häufigste Todesursache bei Schlangenkopffischen sein. Besonders Schlangenköpfe, denen von ihren Mitbewohnern zugesetzt wird, versuchen auf diesem Wege zu entkommen.

Sehr große und kräftige Schlangenkopffische sind durchaus auch in der Lage, so heftig gegen die Abdeckscheibe ihres Aquariums zu springen, daß diese bricht oder sich doch zumindest so weit verschiebt, daß sie das Aquarium verlassen können. Einige Halter von derart kapitalen Fischen beschweren ihre Abdeckscheiben mit großen Steinen, andere schrauben die Abdeckungen sogar fest!

Fortpflanzungsverhalten und Zucht

Das Fortpflanzungsverhalten vieler Schlangenkopffische ist noch unbekannt. Einiges weiß man aus Freilandbeobachtungen, einige wenige Arten wurden bisher auch schon im Aquarium nachgezüchtet. Soweit bisher bekannt, sind alle Schlangenkopffische brutpflegende Eierleger. Einige Arten bilden Elternfamilien, das heißt, daß sich beide Eltern intensiv um ihre Brut kümmern. Das gilt auch für die wenigen Arten,die maulbrütend sind. Von anderen Arten wird berichtet, daß nur der Vater für die Brut sorgt.

Im Aquarium scheitern die Zuchtversuche vielfach an der Unverträglichkeit der Tiere und an ihrem oft recht großen Platzbedarf. Auch ein Paar, das über viele Wochen ausgezeichnet miteinander harmonisiert, kann sich plötzlich total zerstreiten. Es ist immer günstig, wenn die Zuchttiere sich in der Größe nicht zu sehr unterscheiden. Bei der Fütterung muß man darauf achten, daß beide Tiere ausreichend Nahrung bekommen.

Besonders die Zusammenstellung der Paare ist ein großes Problem. Die Färbung bietet nur selten Hinweise auf das Geschlecht der Schlangenkopffische. Am ehesten erkennt man die oft etwas kleineren Weibchen an ihrem Laichansatz, d.h., sie sind fülliger.

Schlangenkopffische bauen normalerweise keine Nester, auch keine Schaumnester. Oft beißen sie aber die Pflanzen in der direkten Umgebung ihres Ablaichplatzes ab. Die Eier werden direkt am Wasserspiegel zu einem floßartigen Gebilde zusammengefaßt (vgl. Abb. 36). Nur von *Channa argus* wird berichtet, daß er zum Ablaichen an der Wasseroberfläche ein Nest aus treibenden Pflanzenteilen errichtet.

Das Ablaichverhalten der Schlangenkopffische ist – wenn überhaupt – erst von sehr wenigen Arten exakt beschrieben worden. Ich möchte hier stellvertretend auf die bei der Artbeschreibung von *Channa bleheri*, dem Regenbogen-Schlangenkopf, gegebene Beschreibung hinweisen (S. 23ff). Inwiefern solche Beobachtungen auf andere Arten übertragbar sind, muß dahingestellt bleiben. Modifizierungen treten zumindest bei den maulbrütenden Arten wie *C. orientalis* (siehe S. 31) auf. Das Maulbrüten ist offenbar eine Anpassung an das Leben in schnellfließenden Gewässern. Hier ist es nicht möglich, abdriftungsfreie Ruhezonen zu finden, in denen die Laichkörner sicher untergebracht werden könnten.

Die Zahl der Jungfische ist im allgemeinen sehr groß. Es können mehrere tausend Fischchen sein, die bis zu einer Größe von 2,5 bis 5 cm dicht im Schwarm zusammenbleiben. Zum Luftholen kommen die Kleinen gern gemeinsam an die Wasseroberfläche. Ihr Jugendkleid ist oft recht auffallend, meist gelblich oder rötlich, und unterscheidet sich damit deutlich von dem der Alttiere.

Die Aufzucht kleiner Schlangenkopffische bereitet keine Probleme. Die Jungen fressen zunächst Artemia-Nauplien, bald auch kleingehackte Tubifex. Kleine Schlangenkopffische sind immer hungrig. Bei ausreichender Fütterung wachsen sie daher unglaublich schnell heran.

Die wirtschaftliche Bedeutung

Schlangenkopffische gehören in Süd- und Südostasien zu den häufigsten Speisefischen. Überall werden sie auf den Märkten angeboten, oft noch lebend. Den Fischen wird auf jede nur denkbare Weise nachgestellt: mit Zug- und Wurfnetzen, mit Reusen und Angeln. Vielfach nutzen die Menschen die

Abhängigkeit der Schlangenkopffische von der Luftatmung: Wenn sie zum Luftholen an die Wasseroberfläche kommen, werden sie mit Pfeil und Bogen, mit einem Speer oder dem Gewehr erlegt. Gelegentlich werden die Tiere nachts mit Licht angelockt und dann mit einem gezielten Schwerthieb enthauptet.

Wenn in den Trockenzeiten die Teiche austrocknen, ziehen die Schlangenköpfe sich in den Schlamm zurück. In einigen Gegenden Indiens kann man tatsächlich mit Spaten und Schaufel fischen gehen. Manchmal tragen die Einheimischen den festen Schlamm eines trockengefallenen Tümpels mit langen Messern Lage für Lage ab. Sie finden die Fische einzeln oder in ganzen Gruppen in Hohlräumen im harten Gewässerboden. Diese Arbeit ist sehr schweißtreibend. Daß man sich dennoch die Mühe macht, zeigt, wie hoch der Wert dieser Fische eingeschätzt wird.

Wie groß die wirtschaftliche Bedeutung von Schlangenkopffischen sein kann, sei am Beispiel des Argus-Schlangenkopfes (*Channa argus warpachowskii*) verdeutlicht. Die Art lebt im chinesisch-russischen Grenzgebiet. Im Amur wurden allein auf chinesischem Gebiet 1941 320 Zentner Schlangenköpfe gefangen, 1940 sogar 1140 Zentner. Auf der russischen Seite des Amur konnten 1941 777 Zentner erbeutet werden. In den letzten Jahren hat man mit Versuchen begonnen, diese temperaturharte Art auch in Mittel- und Osteuropa einzubürgern. Erste Versuche um Moskau und in der Tschechoslowakei waren offensichtlich erfolgversprechend. Auch in den Vereinigten Staaten wurden Schlangenkopffische bereits eingebürgert.

Die Arten

In der folgenden Tabelle führe ich alle mir zugänglichen Daten zu den bekannten Arten auf. Die Liste dürfte ziemlich vollständig sein, aber ich kann bei der Vielzahl der Zweitbeschreibungen natürlich nicht garantieren, daß sich nicht vielleicht doch noch eine Art als gültig erweist, die man derzeit noch als ungültig betrachten muß.

Die auf den Artnamen folgenden Angaben beziehen sich auf die Erstbeschreiber und das Jahr der entsprechenden Veröffentlichung. Es folgt die Maximallänge, die die betreffende Art haben kann. Die Angaben beziehen sich auf Rekordwerte, die auch bei Freilandfischen nur selten erreicht werden. Die folgende Spalte gibt einen knappen Hinweis auf das Herkunftsgebiet der betreffenden Art.

Die in der letzten Spalte aufgeführten Flossenstrahlen und Schuppenzahlen sind nicht nur für Wissenschaftler interessant. Gerade bei Schlangenkopffi-

Oben: Südamerikanischer Vielstachler (*Polycentrus schomburgki*). Text Seite 62.
Unten: Gefleckter Hechtsalmler (*Boulengerella maculata*). Text Seite 53.

schen können diese Angaben auch dem Laien wertvolle Hilfen zur Bestimmung der Arten geben, da sich sonst leicht zu verwechselnde Arten oft durch Auszählen von Flossenstrahlen bestimmen lassen. Das ist bei so großen, oft längere Zeit stillstehenden Fischen auch im Aquarium meist leicht möglich. Die erste Zahl (D = Dorsale) bezieht sich auf die Anzahl der Strahlen in der Rükkenflosse, die folgende (A = Anale) auf die der Afterflosse. Anschließend wird angegeben, wie viele Schuppen in einer mittleren Längsreihe (mLR) vorhanden sind. Hierzu werden die Schuppen gezählt, die zwischen dem Kiemendeckel und der Schwanzflossenbasis liegen. Diese Angaben sind durchaus sinnvoll, auch wenn man die Zahl der Schuppen am lebenden Tier sicher nur in Ausnahmefällen exakt ermitteln wird. Die Zahlen zeigen aber doch deutlich, ob eine Art wie z.B. *Channa gachua* (mLR 41–45) nur wenige, also große Schuppen besitzt oder ob sie beispielsweise wie *Channa micropeltes* (mLR 82–110) eine Vielzahl von relativ kleinen Schuppen haben muß. (Tabelle S. 20)

Neben den hier vorgestellten Arten geistern noch einige Namen durch die Literatur, bei denen es sich offensichtlich um Beschreibungen handelt, die in Unkenntnis einer bereits vorhandenen gültigen Artbeschreibung abgefaßt wurden oder die auf einem anderen Irrtum beruhen. Da junge Schlangenkopffische in der Zeichnung den Alttieren oft überhaupt nicht ähnlich sehen, wurden sie oft als eigene Arten beschrieben. Bei *C. »bistriata«* wurden beispielsweise junge *C. lucia* beschrieben, bei *C. »rhodotaenia«* junge *C. melasoma* und bei *C. »melanoptera«* halbwüchsige *C. marulioides*. Eine Liste solcher ungültiger Artnamen würde mehr als hundert Namen enthalten. Ich verzichte daher hier auf die Wiedergabe der Synonyme; in den Artbeschreibungen werde ich die wichtigsten nennen.

Oben: Gefleckter Schützenfisch (*Toxotes chatareus*). Text Seite 66.
Unten: Ein Paar Hechtkärpflinge (*Belonesox belizanus*), unten das kleinere Männchen. Text Seite 60.

Der Argus-Schlangenkopf
Channa argus (CANTOR, 1842)
Zeichnung Seite 10, 21

Man kann diese Riesen in verschiedenen Schauaquarien sehen und manchmal sogar im Handel als Jungtiere bekommen. Die Färbung ist sehr variabel und auch von der Stimmung der Fische abhängig. Typisch sind einige mehr oder weniger große dunkle Flecken an den Körperseiten. Argus-Schlangenköpfe werden bis zu 7 kg schwer.
Neben der Nominatform leben in China die Rasse *Channa argus kimurai* (SHIH, 1936) und im Amurgebiet *Ch. argus warpachowskii* (BERG, 1909).
Argus-Schlangenköpfe sind nur etwas für Besitzer wirklich großer Aquarien oder für das Schauaquarium. In Aquarien sind sie aus diesem Grund wohl

Artenübersicht

Artenübersicht

Art (Erstbeschreiber, Jahr)	Länge in cm	Herkunft	Flossenstrahlen	Schuppen	Beschreibung
Channa argus (Cantor, 1842)	80	NO-China	D48–53 A33–38	mLR61–75	S. 19
Channa asiatica (Linné, 1758)	35	SO-China	D44–46 A26–30	mLR51–58	S. 21
Channa bankanensis (Bleeker, 1852)	24	SO-Asien	D39–42 A29–31	mLR64	S. 22
Channa bleheri Vierke, 1991	15	NO-Indien	D36–37 A24	mLR42–46	S. 23
Channa burmanica (Chaudhuri, 1819)	12	N-Burma	D38 A28	mLR51	
Channa cyanospilos (Bleeker, 1853)	21	Sumatra	D38–43 A24–26	mLR51–55	
Channa gachua (Hamilton-Buchanan, 1822)	16	S/SO-Asien	D31–37 A20–23	mLR41–45	S. 25
Channa lucia (Cuvier & Valenciennes, 1831)	40	SO-Asien	D39–43 A27–30	mLR58–65	S. 27
Channa maculata (Lacepede, 1802)	23	SO-China	D41–46 A26–30	mLR55–58	S. 27
Channa marulia (Hamilton-Buchanan,1822)	120	S/SO-Asien	D45–55 A28–36	mLR55–70	S. 28
Channa marulioides (Bleeker, 1851)	65	Indonesien	D44–47 A28–31	mLR54–58	S. 29
Channa melasoma (Bleeker, 1851)	36	Indonesien	D36–41 A21–25	mLR49–52	S. 29
Channa micropeltes (Cuvier & Valenciennes, 1831)	100	S/SO-Asien	D43–46 A27–30	mLR82–110	S. 30
Channa orientalis Bloch & Schneider, 1801	20	Ceylon	D31–34 A20–22	mLR41	S. 31
Channa pleurophthalma (Bleeker, 1850)	40	Indonesien	D40–43 A28–31	mLR57–58	S. 33
Channa punctata (Bloch, 1793)	35	Indien	D29–32 A20–23	mLR37–40	S. 33
Channa siamensis (Günther, 1861)	19	Thailand	D42 A27	mLR65	
Channa stewartii (Playfair, 1867)	25	NO-Indien	D39–40 A27	mLR47–50	S. 39
Channa striata (Bloch, 1793)	100	S/SO-Asien	D37–46 A23–28	mLR50–57	S. 39
Parachanna africana (Steindachner, 1879)	41	Zentralafrika	D42–49 A30–34	mLR74–84	S. 40
Parachanna insignis (Sauvage, 1884)	32	Zentralafrika	D40–43 A27–29	mLR76–90	
Parachanna obscura (Günther, 1861)	35	W-Afrika	D40–45 A26–31	mLR62–78	S. 41

auch noch nicht gezüchtet worden. Im Freiwasser bauen sie im Sommer große Nester aus Pflanzenteilen, unter denen sie ablaichen. Ein Weibchen produziert bis zu 50 000 Eier.

Der Argus-Schlangenkopf (*Channa argus*).

Der Chinesische Schlangenkopf
Channa asiatica (LINNÉ, 1758)

Der schön gezeichnete Fisch wurde erstmals bereits 1929 eingeführt und dann auch gleich nachgezüchtet (von WILLIAM T. INNES, Philadelphia).
Der Chinesische Schlangenkopf gehört zu den wenigen Arten, die grundsätzlich

keine Bauchflossen besitzen. Die Körpergrundfarbe ist oliv- bis rötlichbraun. Über die Körperseiten ziehen sich 10 bis 11 nach vorn winkelig zugespitzte schwarzbraune Querbänder. Im Ursprung der Schwanzflosse befindet sich ein großer dunkler Augenfleck, der hell gerahmt ist. Die gesamte Unterseite der Tiere ist mit einer Vielzahl heller Glanzschuppen versehen. Sie sollen ein Hilfsmittel zur Identifizierung der Geschlechter sein: Männchen sollen im Vergleich zu Weibchen etwa doppelt so viele Glanzschuppen besitzen.
Wie der Name schon sagt, ist die Art in China zu Hause. In Südostchina und auf der Insel Hainan scheint sie nicht selten zu sein. Sie zieht ruhiges Wasser schneller fließenden Gewässern vor.
Im Aquarium erweisen sich die Chinesischen Schlangenköpfe als anspruchslose Raubfische, die problemlos Ersatzfutter annehmen. Zur Zucht bietet man ihnen möglichst ein großes Aquarium mit vielen Versteckmöglichkeiten für das gelegentlich doch hart bedrängte Weibchen. Pro Laichphase werden bis zu 3000 Eier abgegeben. Die Brutpflege und die Aufzucht der Jungen scheint der von *Ch. bleheri* weitgehend zu gleichen (siehe S. 23 ff).

Der Bangka-Schlangenkopf
Channa bankanensis (BLEEKER, 1852)
Zeichnung Seite 10

Besonders jüngere Bangka-Schlangenköpfe mit den typischen Schrägstreifen hinter den Augen sehen ausgesprochen hübsch aus. Wie die Altfische haben sie auf dem Kiemendeckel einen kräftigen dunklen Fleck. Eine Reihe von etwa neun langgestreckten dunklen Flecken befindet sich direkt unter der Seitenlinie. Typisch sind außerdem einige dunkle Querbänder und einige kleine helle Flecken auf den Brustflossen.

Der Chinesische Schlangenkopf (*Channa asiatica*).

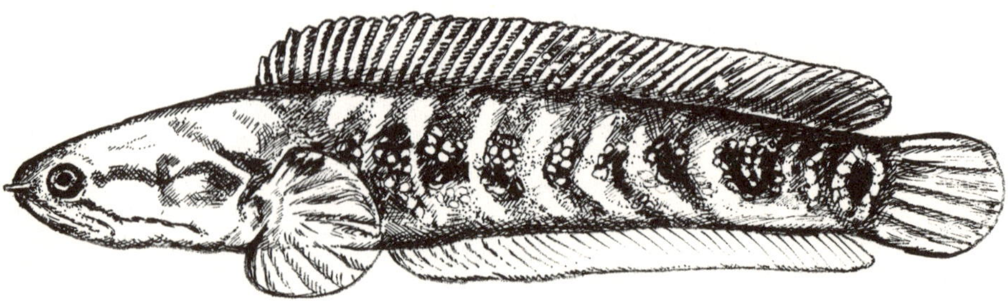

Die Fische sind nicht nur auf der Insel Bangka zu Hause, sie wurden auch auf Borneo, auf Sumatra und kürzlich auch auf der Malaiischen Halbinsel (Selangor) gefunden. In Malaysia wurden sie im extrem dunklen, fast kaffeefarbenen Wasser eines Torfmoores geangelt (ph-Werte 2,8 bis 3,5).

Der Regenbogen-Schlangenkopf
Channa bleheri VIERKE, 1991
Fotos Seite 35 unten, 36 und 38 unten, Zeichnung Seite 33

Diese kleinbleibende Art ist farbenprächtiger als die meisten anderen Schlangenköpfe: Der Körper ist besonders in den hinteren und unteren Partien kräftig blaugrün-braunrot gesprenkelt, der unterseits helle Kopf ist mit großen rotbraunen Flecken versehen. Auch die Flossen haben markante Farbzeichnungen. Die orange gerandete Rückenflosse hat dunkle Fleckenreihen, die Afterflosse leuchtet an der Basis blau. Besonders markant sind die Schwanzflosse sowie die Brustflossen gezeichnet! Die Schwanzflosse ist dunkel mit großen unregelmäßigen, orangefarbenen Flecken; die orangenen Brustflossen haben dagegen sechs auffallende schwarze Querbänder. Die Regenbogen-Schlangenkopffische gehören zu den wenigen Channa-Arten, denen die Bauchflossen fehlen.
Die erst 1991 entdeckte und beschriebene Art wurde in Assam, dem Nordosten Indiens, gefangen. Sie ähnelt einer in Nordbirma vorkommenden Schwester-Art, *Channa burmanica,* von der sie sich aber u.a. durch ihre markant gefärbte Schwanzflosse unterscheidet. Darüber hinaus hat *Ch. burmanica* deutlich mehr Strahlen in der Afterflosse (ca. 28 gegenüber 24 bei *Ch. bleheri*) und mehr Schuppen in der Längsreihe. Insgesamt hat *Ch. bleheri* eine deutlich gedrungenere Form.
Channa bleheri stellt im Aquarium keine Ansprüche an die Wasserbeschaffenheit oder an das Futter, braucht jedoch ausreichend Versteckmöglichkeiten. Man kann sie mit gleichgroßen Arten problemlos vergesellschaften, wenn man darauf achtet, daß die etwas schüchternen Schlangenköpfe bei der Fütterung nicht zu kurz kommen. Als Futter reicht man ihnen Tümpelplankton, Regenwürmer, Mehlwürmer und gelegentlich Fisch- oder Fleischstückchen.
Die Zucht gelingt vermutlich nur bei paarweiser Haltung, nicht in der Gruppe. Es ist mir beim besten Willen nicht gelungen, geschlechtsspezifische Unterschiede im Aussehen der Tiere zu finden. In der Färbung und in der Beflossung sind beide Geschlechter genau gleich. Allerdings sind bei gleichaltrigen Tieren die Weibchen regelmäßig kleiner. Es scheint schon bei den Jungtieren so zu sein, daß die Männchen deutlich schneller heranwachsen. Gut angefütterte, laichreife Weibchen erkennt man natürlich auch an ihrem Laichansatz: Sie sind im Bauchbereich deutlich fülliger als die Männchen.
Ein gut »eingespieltes« Paar ist absolut friedfertig. Nur gelegentlich kommt es zu kurzfristigen Zwistigkeiten, wenn der

eine Partner dem anderen einen leckeren Bissen direkt vor der Nase wegschnappt. In größeren Aquarien halten sich die beiden Tiere meist bevorzugt in verschiedenen Teilen des Beckens auf. Aber immer wieder suchen die Partner Kontakt: Besonders das Weibchen schwimmt häufiger zum Männchen hinüber, so als wollte es nachschauen, ob es noch da wäre. Gelegentlich kommt es dabei sogar zu zärtlich anmutenden Hautkontakten. Dieses lockere Aneinanderschmiegen scheint ein Mittel zu sein, um die Agressivität speziell des Männchens zu mindern.

Es geschieht aber gelegentlich, daß dieses traute Miteinander plötzlich zusammenbricht. Dann kommt es zu hemmungslosem Jagen und Beißen, bei dem das Weibchen in der Regel unterliegt. Die besonders friedlichen Perioden können allerdings monatelang andauern. Sie hängen offenbar mit der natürlichen Laichperiode zusammen.

Wenn der Nachwuchs ausbleibt (z. B. wegen Laichverpilzung), können die Channas nach etwa zwei Wochen erneut ablaichen. Laichwillige Tiere müssen natürlich ausreichend gut angefüttert werden. Besonders das Weibchen zeigt jetzt einen gesegneten Appetit, und bald hat es einen auffallend kräftig angeschwollenen Bauch. In dieser Zeit sucht das Männchen einen geschützten Platz auf, an dem es sich vorwiegend aufhält. Hier ist der zukünftige Laichplatz.

In den letzten Tagen vor dem Ablaichen werden die Hautkontakte der beiden Partner immer häufiger. Besonders an den letzten beiden Tagen kommt das Weibchen wieder und wieder in das Revier seines Männchens. Hier umkreisen sich die Fische und es kommt zu den ersten Umschlingungen. Diese Scheinpaarungen erinnern an die Paarungsvorgänge bei einigen Labyrinthfischen: Die Partner umkreisen sich immer enger, bis sie schließlich wie ein »Knoten« unter der Wasseroberfläche hängen.

In einigen Punkten aber gibt es Unterschiede zu den Labyrinthfischen: Die Scheinpaarungen beobachtet man schon zwei Tage oder sogar noch eher vor dem eigentlichen Ablaichen; das gibt es bei Labyrinthfischen normalerweise nicht. Typisch für die Regenbogen-Channa ist auch, daß die Intensität der Umschlingung (von der lockeren Schleife bis hin zum massiven Knoten) und die Dauer der einzelnen Scheinpaarungen zunehmen.

Schließlich kommt es zu einer einzigen Paarung mit Laichausstoß. Sie dauert bis zu einer halben Minute. Das jetzt engstmöglich umschlungene Paar entläßt seinen gesamten Laichvorrat in dieser einen Paarung. Die glasartigdurchsichtigen Eier sind leichter als das Wasser und schweben sofort nach oben. Sie sind ausgesprochen klein. Ich habe sie unter dem Mikroskop vermessen: Sie haben mit Eihülle einen Durchmesser von 0,9 bis 1,1 mm (zum Vergleich: *Channa orientalis* 1,1 bis 1,2 mm). Im oberen Teil des Eies befindet sich eine kleine Ölblase (Durchmesser 0,6 bis 0,7 mm), darunter das eigentliche Ei (Durchmesser 0,4 bis 0,5 mm).

Schon nach den letzten Scheinpaarungen suchen Männchen und Weibchen die Wasseroberfläche nach Eiern ab. Zumindest hat es den Anschein, denn sie tasten mit ihren Nasenententakeln die gesamte Wasseroberfläche im Bereich des Laichplatzes ab. Wenn dann tatsächlich die Eier erschienen sind, nehmen die Fische sie mit wenigen sehr vorsichtigen Schnappbewegungen auf und entlassen sie anschließend sofort wieder aus ihren Kiemenspalten. Schließlich werden sie in einer Art Floß zusammengehalten. Der Vater liegt jetzt direkt neben oder unter dem Eifloß am Boden und läßt die Brut nicht aus den Augen.

In der Folgezeit nehmen beide Altfische den Laich wieder und wieder ins Maul, um ihn anschließend auf die beschriebene Weise wieder zu entlassen. Ich vermute, daß die Eier so von Schmutzpartikeln oder Parasiten freigehalten werden.

Auch die Pflege der freischwimmenden Brut wird von beiden Eltern gleichermaßen übernommen. Die anfangs farblosen Kleinen sind bei einer Größe von etwa einem Zentimeter am ganzen Oberkörper kanariengelb. Am Kopf haben sie einen auffallenden schwarzen Längsstreifen, der an der Unterkieferspitze beginnt, das Auge durchzieht und am unteren Rand des Kiemendeckels endet. Die untere Körperhälfte ist in auffallendem Kontrast zum Gelb der Oberseite rauchgrau bis fast schwarz.

Die kontrastreich gefärbte Brut umschwärmt die Eltern fast ständig wie ein Mückenschwarm. Auffallend ist, daß sie immer wieder bemüht sind, mit ihnen Hautkontakt herzustellen. Gern ruhen sie direkt auf dem Kopf ihrer still im Wasser liegenden Eltern. Es hat sogar den Anschein, als würden sie von der Haut ihrer Eltern Körperschleim fressen. Das ist aber nicht ganz sicher. Jedenfalls zupfen sie auch am Körper ihrer Eltern, und in diesem Stadium von den Altfischen getrennte Jungfische gedeihen auffallend schlechter als die bei den Eltern verbliebenen.

In den Folgewochen verblaßt das kontrastreiche Babykleid zusehends und macht einem unscheinbaren Jugendkleid Platz. Jetzt legen die Fische keinen Wert mehr auf Geselligkeit und beginnen sich zu bekämpfen. In diesem Alter sind ein oder zwei dunkle, mehr oder weniger hell eingefaßte Augenflecken im hinteren Teil der Rückenflosse typisch. Langsam bildet sich nun im Laufe der Zeit das typische Farbkleid der Alttiere heraus.

Der Frosch-Schlangenkopf
Channa gachua
(HAMILTON-BUCHANAN, 1822)
Zeichnung Seite 10

Frosch-Schlangenköpfe gehören mit einer maximalen Länge von etwa 24 cm zu den vergleichsweise klein bleibenden Arten. Sie wirken gedrungen und haben einen besonders breiten Kopf. Die weit vorn angesetzten Augen geben den Fischen ein etwas froschartiges Aussehen.

Ihr Körper ist einheitlich blaugrau bis bräunlich gefärbt, die unteren Körperpartien sind aufgehellt. Rücken- und

Frosch-Schlangenkopf

Afterflossen sind gelb oder orangefarben gesäumt. Die Brustflossenbasis ist kräftig blau, gelegentlich auch die Kehlpartie. Die einheitlich grau getönten Brustflossen können einige orangefarbene Querstreifen besitzen. Dem großen Verbreitungsgebiet entsprechend gibt es verschiedene, allerdings nicht offiziell beschriebene Farbformen. Vom sehr ähnlich aussehenden *Channa orientalis* unterscheidet sich *Ch. gachua* durch den Besitz von Bauchflossen.

Die Art ist in ganz Vorder- und Hinterindien bis nach Vietnam und Südchina verbreitet. Auch auf den Inseln Borneo, Sumatra, Java und den Sundainseln ist sie anzutreffen. Weiterhin lebt sie auf den Andamanen und selbst in Pakistan und Afghanistan. Frosch-Schlangenköpfe ziehen fließende Gewässer vor und gehen dabei gern auch in kühlere Gebirgsbäche. Andererseits leben sie jedoch auch in kleinsten Flachlandtümpeln, in denen andere Fische nicht existieren könnten.

Frosch-Schlangenköpfe sind überaus empfehlenswerte Fische für das Artbecken. Einzeln gehaltene Tiere brauchen nur wenig Platz und werden handzahm. Sie scheinen es sogar zu genießen, wenn man sie streichelt! Sie sind völlig anspruchslos im Hinblick auf die Wasserqualität und vertragen sich gut mit gleichgroßen und auch etwas kleineren Fischen. Sie sind ständig hungrig, haben andererseits aber keine besonderen Nahrungsansprüche. Gern nehmen sie auch Wasserschnecken.

Diese Angaben zur Einzelhaltung entspringen hauptsächlich der Erfahrung, die ich mit einem im Kao Yai-Reservat in Ostthailand in 800 m Höhe gefangenen Tier gemacht habe. Es lebte mit Artgenossen am Rande eines Urwaldflusses in kleinen, vom Hauptstrom abgetrennten Felslöchern zusammen mit kleinen Rasborinen und einer Puntius-Art – zweifellos Beutetiere. Die Löcher waren ohne Pflanzenwuchs, ihr Boden jedoch stellenweise dicht mit abgestorbenem Laub der Urwaldbäume bedeckt. (Wasserwerte: 14 Mikrosiemens, pH 6,4, Temperatur 23 bis 26 °C.) Ich nahm ein damals 16 cm großes, mit den bloßen Händen gefangenes Weibchen mit, das den einwöchigen Transport im kleinen Wasserbeutel problemlos vertrug. Zu Hause lebte es noch fast 4 Jahre und erreichte eine Gesamtlänge von 24 cm (Standardlänge 20 cm) und ein Gewicht von 240 g.

Das interessante Fortpflanzungsverhalten dieser Art konnte ETTRICH dokumentieren. Nach oft tagelangen Scheinpaarungen, also Umschlingungen ohne Eiabgabe, kommt es zur eigentlichen Paarung. Hierzu bevorzugen die Frosch-Schlangenköpfe flachere Gewässerbereiche, in denen sie durch Schlagen mit den Schwanzflossen kleine Gruben und Höhlen ausheben. Die Eier steigen gleich nach dem Ausstoßen unter die Wasseroberfläche, wo sie anschließend der Vater ins Maul nimmt. Die Brut verbleibt nur drei bis vier Tage im Maul des Vaters.

ETTRICH erzielte wiederholt mehr als 200 Junge pro Brut. Schon etwa sechs Tage nach ihrer Entlassung aus dem väterlichen Maul steigen die Jungen erstmals zum Luftholen an die Wasseroberfläche.

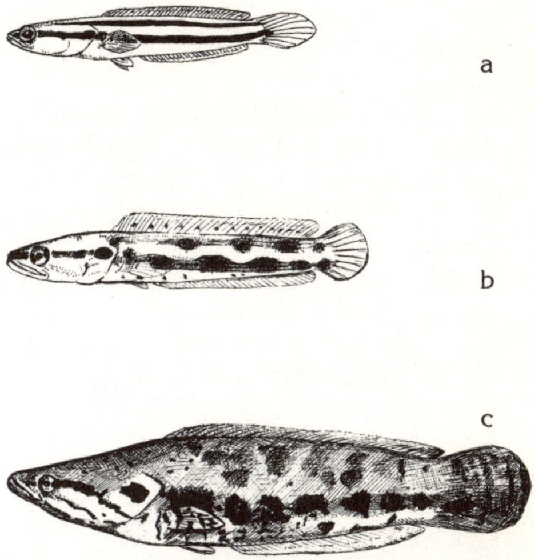

Der Glänzende Schlangenkopf (*Channa lucia*). Körperform und -färbung sind, wie auch bei anderen Schlangenkopfarten, alters-und damit größenbedingt:
a) etwa 4 cm lang
b) 7 cm lang
c) etwa 25 cm lang

Der Glänzende Schlangenkopf
Channa lucia
(CUVIER und VALENCIENNES, 1831)
Zeichnung auch S. 11, Foto S. 37

Die schöne, bis zu 40 cm Länge erreichende Art erinnert mehr als andere Schlangenkopffische im Aussehen an Schlangen. Alttiere besitzen einen spitzen Kopf mit einem konkaven Kopfprofil. Hierdurch unterscheiden sie sich vom ansonsten sehr ähnlichen *Channa bankanensis,* der ein sehr viel runderes Kopfprofil hat und ohnehin bedeutend gedrungener wirkt.
Glänzende Schlangenkopffische sind oberseits dunkel und zu den Seiten hin und nach unten gelblich aufgehellt. Direkt unter der Seitenlinie haben sie fünf bis sechs dunkle Flecken, daneben aber unterseits oft auch Schrägstreifen wie bei *Ch. striata.*
Channa lucia hat ein großes Verbreitungsgebiet, das sich über weite Teile Südostasiens erstreckt. Die Tiere werden auf den meisten der dortigen Märkte als besonders wertvolle Speisefische gehandelt. Sie kommen bevorzugt in ziemlich rasch fließenden Urwaldströmen vor. Gewässer offener Landschaften werden dagegen gemieden.
In jüngerer Zeit wurden wieder Jungtiere dieser Art nach Europa eingeführt. Eine gewisse Zeit lassen sie sich selbst in Gesellschaft größerer Beifische gut halten. Sie werden mit dem Pfleger vertraut und kommen bettelnd an die Frontscheibe, um sich einen Extra-Regenwurm abzuholen. Mit zunehmendem Wachstum und Alter muß der Besatz der Mitfische natürlich angepaßt werden.

Der Gefleckte Schlangenkopf
Channa maculata (LACEPEDE, 1802)

Gefleckte Schlangenkopffische kommen aus dem östlichen China. Die Art soll im Bereich des Tunting Lake sehr

häufig vorkommen und dort in großen Mengen auf den Märkten angeboten werden.
Die Fische sind oberseits grünlichbraun, unterseits heller. An den Seiten befindet sich eine doppelte Reihe dunkler Flecken, am Ansatz der Schwanzflossen sind abwechselnd helle und dunkle Querbänder. Die von vielen als identisch angesehene Art *Channa aspilota* soll sich (nach NICHOLS, 1948) durch das Fehlen der Flecken und durch wesentlich größere Kopfschilder unterscheiden.

Der Indische Schlangenkopf
Channa marulia
(HAMILTON-BUCHANAN, 1822)

Indische Schlangenkopffische erreichen bis zu 120 cm Gesamtlänge und wiegen dann über 3 kg. Da das Fleisch sehr geschätzt wird, wird den Fischen auch entsprechend nachgestellt.
Die Färbung ist sehr variabel. Typisch sind 4 bis 7 sehr große, dunkle Seitenflecken, die ineinander übergehen können. Oft wird diese Fleckenreihe noch von je einer aus kleineren Flecken bestehenden oberen und unteren Reihe eingefaßt. Sehr oft befindet sich ein augenartiger Fleck im basalen Teil der Schwanzflosse, meist nach oben versetzt. Dieser Augenfleck ist für jüngere Tiere typisch. Er bleibt bei bengalischen Fischen nur bis zu einer Größe von etwa 5 cm, im Punjab verschwindet er im Alter von 2 Jahren, in Sri Lanka erst mit der Geschlechtsreife.
Die hohe Zahl der Rückenflossenstrahlen unterscheidet *Ch. marulia* von den meisten anderen Schlangenkopffischen. Es gibt einige als Arten beschriebene Formen, wie *Ch. leucopunctata* und *Ch. pseudomarulia,* die mit *Ch. marulia* offenbar artidentisch sind. Unterschiede in der Ausfärbung lassen es aber zu, bei diesen Formen an Unterarten zu denken. Aus Sri Lanka beschrieb DERANIYAGALA 1945 die Unterart *Ch. marulia ara* mit nur 49 Dorsalstrahlen.
Die Art ist in Vorderindien und Ceylon verbreitet. Fundmeldungen aus dem hinterindischen Raum dürften in allen Fällen auf Verwechslungen mit *Ch. melanopterus* beruhen (Zeichnung Seite 33). Die Art lebt bevorzugt in großen Flüssen und zieht dort tiefe, klare Bereiche mit sandigem oder felsigem Boden vor. Sie erweist sich gegen Wasserverschmutzung durch Industrieabwässer als besonders unempfindlich.
In Indien wird der geschätzte Speisefisch in großen Behältern und Tümpeln kultiviert. DERANIYAGALA schreibt, daß die Fische auf Ceylon gern in dörflichen Badeteichen gehalten werden. Die Tiere werden dort bald so zahm, daß sie sich streicheln lassen, und bei der Fütterung mit lebender Beute erfreuen sie den Besitzer durch ihren raschen Farbwechsel während der Jagd und ihr kräftiges, weithin hörbares Zuschnappen.
Channa marulia ist ein prächtiger Fisch für das Schauaquarium. Für das Aquarium zu Hause ist auf Dauer nur Einzelhaltung möglich. Die sehr attraktiven Fische werden sehr zutraulich und sind ständig hungrig. Erstmals kamen diese

Schwarzflossen- und Dunkler Schlangenkopf

Tiere 1906 in europäische Aquarien. Natürlich ist die Zucht der Riesenfische in Aquarien normaler Größe undenkbar. Im Freiwasser laichen die Tiere von April bis Juni. Beide Eltern richten den Laichplatz her, indem sie Wasserpflanzen von der Wasserfläche wegschnappen. Die orangefarbenen Eier steigen von selbst unter den Wasserspiegel. Die schnellwüchsigen Jungfische besitzen anfangs ein leuchtend orangefarbenes Körperlängsband, das vom Auge bis zur Mitte der Schwanzflosse reicht.
Viele Mythen ranken sich gerade um diesen Fisch. In einigen Teilen des bengalischen Tieflandes soll es Unglück bringen, den Fisch als gut oder schlecht zu bezeichnen. Auch die Karen in Burma schreiben ihm übersinnliche Kräfte zu. Sie verzehren den Indischen Schlangenkopf nicht, weil er einer Legende zufolge ursprünglich ein Mensch gewesen sei, der wegen seines sündigen Lebenswandels in einen Fisch verwandelt wurde. In anderen Gebieten sagt man, das Verzehren dieses Fisches könne Menschen in Löwen verwandeln.

Der Schwarzflossen-Schlangenkopf
Channa marulioides (BLEEKER, 1851)
Foto Seite 55 oben, Zeichnung Seite 33

Erst kürzlich zeigten Untersuchungen der in Singapur arbeitenden Zoologen NG und LIM sowie von JEFFREY LEE, daß BLEEKER seinerzeit ein und dieselbe Art zweimal beschrieben hatte: Als Alttier nannte er sie 1855 *Ch. melanoptera*, als Jungfisch hatte er sie bereits 4 Jahre früher als *Ch. marulioides* bezeichnet. Da die ältere Bezeichnung Vorrang hat, muß der Name »melanoptera« als Synonym angesehen werden.
Die bis zu 65 cm lang werdenden, recht großflossigen Fische sind oberseits dunkelbraun oder bläulich, unterseits heller. An den Seiten haben sie hintereinander angeordnete fleckenartige Gruppen von jeweils etwa sechs dunkel gefärbten Schuppen. Die Flossen sind schwärzlich, gelegentlich sind die Rükken- und die Afterflosse mit kleinen weißlichen Tüpfeln übersät.
Ich selbst entdeckte bei Aslis (Ureinwohnern der Malaiischen Halbinsel) in der Nähe von Kluang Fische (Foto Seite 55 oben), die zweifelsfrei zu dieser Art gehören. Neben der Malaiischen Halbinsel wurden weitere Vorkommen dieser nicht häufigen Art aus den Flußgebieten in den Urwäldern von Sumatra und Borneo gemeldet.

Der Dunkle Schlangenkopf
Channa melasoma (BLEEKER, 1851)
Zeichnung Seite 33

Eine in ganz Südostasien anzutreffende Art ist *Channa melasoma*. Sie lebt vorzugsweise in größeren, nur langsam fließenden Urwaldströmen zwischen im Uferbereich angeschwemmten Baumstämmen und Ästen.
Die Fische sind unterseits hell und an den Flanken fast einheitlich dunkelbraun gefärbt. Unterhalb der breit ansetzenden Rückenflosse sind zwei oder auch mehr unregelmäßige große, helle Flecken zu finden. Die düstere Färbung ist eine perfekte Tarnung für den zwi-

schen Wurzeln und Ufervegetation lauernden Jäger.
Im Gegensatz zu den Alttieren sind die Jungen auffallend farbig: Sie haben ein rotes oder orangefarbenes Körperlängsband und einen aufallenden hellen, dunkel eingefaßten Fleck auf der Kopfoberseite (Pinealfleck). Am hintersten Ende der Rückenflosse tragen sie einen Augenfleck, der ansatzweise auch noch bei manchen Altfischen zu erkennen ist.
Ein weiteres Artmerkmal sind fleckenartig miteinander verbundene blaue Muster direkt auf der Kopfunterseite der Fische. Bei der nahe verwandten Art *Ch. cyanospilos* sind diese Flecken rund und voneinander getrennt. Vor allem aber reichen die blauen Punkte bei *Ch. cyanospilos* noch weit auf die Kopfseiten hoch und sind auch in den Rükken- und Afterflossen sowie in den unteren Körperregionen bis hin zum Ansatz der Schwanzflosse zu finden.

Der Riesen-Schlangenkopf
Channa micropeltes
(Cuvier und Valenciennes, 1831)

Diese nach *Ch. marulia* zweitgrößte Schlangenkopf-Art kann eine Körperlänge von 1 m und ein Gewicht von über 20 kg erreichen. Sie fällt besonders durch ihre im Vergleich zu anderen Channa-Arten sehr kleinen Schuppen auf.

Körperzeichnung und Proportionen des Riesen-Schlangenkopfes (*Channa micropeltes*) beim 6 cm langen Jungfisch (oben) und beim fast 1 m langen Alttier (gezeichnet nach Schautieren aus dem Zoo Colombo, Sri Lanka).

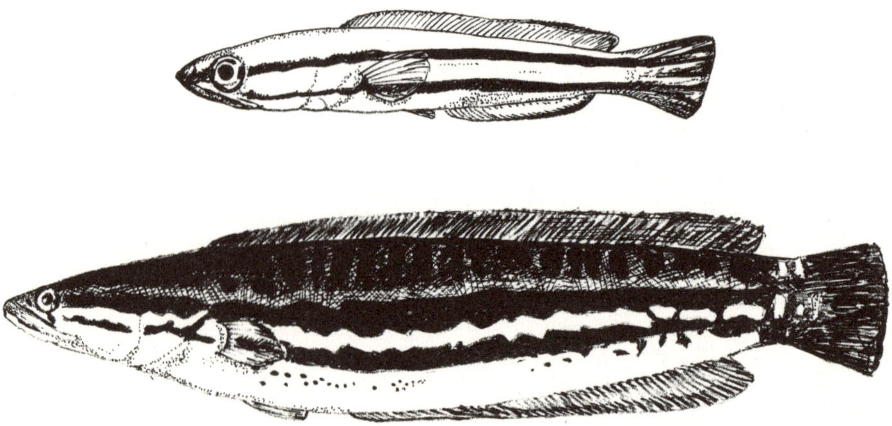

Jungfische haben zwei annähernd parallele dunkle Längsstreifen, die sich bis in die Schwanzflosse hinein erstrecken. Der obere Streifen beginnt an der Schnauzenspitze und durchzieht das Auge, der untere verläuft durch die Brustflossenbasis. Die zwischen dem Streifen liegende Körperpartie ist leuchtend orangerot gefärbt, jenseits der Streifen ist der Körper unscheinbar grau.
Die Färbung der Alttiere kann sehr unterschiedlich ausfallen. Meist sind sie im unteren Körperdrittel weißlich, am Rest des Körpers dunkelgrau. An den Seiten sind oft mehr oder weniger unregelmäßige Flecken. Die Jugendzeichnung verändert sich manchmal früh, teilweise erst sehr spät. Im Schauaquarium von Colombo (Sri Lanka) sah ich etwa meterlange Exemplare, die immer noch die typischen Streifen der Jungtiere trugen. Allerdings war die Zwischenzone nicht rötlich, sondern eher cremefarben.
Die weitverbreitete Art kommt in Südindien vor, offenbar aber nicht in Sri Lanka. Auch in Burma, Thailand, Malaysia, Kambodscha, Vietnam, Bangka, Borneo, Sumatra und Java ist sie zu Hause. Sie lebt bevorzugt in großen Strömen und Kanälen.
Trotz seiner Größe wird der Riesen-Schlangenkopf vergleichsweise häufig in Aquarien gehalten. Das liegt an dem schönen Aussehen sowohl der Alt- wie auch der Jungtiere. In Schauaquarien kann man gut auch mehrere Altfische miteinander vergesellschaften. Vermutlich hängt diese Verträglichkeit sogar mit der auffallenden Färbung der Großfische zusammen: Auch im Freiwasser sieht man gelegentlich ganze Jagdgemeinschaften von Riesen-Schlangenköpfen, die sich Schwärme von Beutefischen zutreiben. Daher ist es denkbar, daß die auffallende Färbung bei der Koordination hilfreich sein kann.

Der Kleine Ceylon-Schlangenkopf
Channa orientalis
BLOCH und SCHNEIDER, 1801
Foto Seite 38 oben, Zeichnung Seite 33

Channa orientalis gehört zu den kleinsten Schlangenkopffischen. Er ähnelt im Aussehen sehr der zeitweilig als identisch angesehenen Art *Channa gachua,* ist aber etwas farbiger, zierlicher und noch friedlicher. Auffallendster Unterschied ist das Fehlen der Bauchflossen bei *Ch. orientalis.*
Der Körper ist einheitlich grau oder blaugrau gefärbt, die unteren Körperpartien sind heller. Nur selten, bei gestreßten Tieren, sieht man ein Querbändermuster in der oberen Körperhälfte. Die an der Basis leuchtendblauen Rücken- und Afterflossen sind mit einem gelben oder orangefarbenen Saum versehen. Die Brustflossenbasis ist blau. Die Brustflossen haben eine orangefarbene Querbänderung.
Channa orientalis ist in meist ziemlich stark strömenden Regenwaldbächen in Sri Lanka (Ceylon) beheimatet, stellenweise findet man ihn auch zusammen mit *Ch. gachua.*
Kleine Schlangenkopffische sind wegen ihres interessanten Sozialverhal-

tens und der Brutpflege besonders empfehlenswerte Aquarienbewohner! Die Fische benötigen ein mit Wurzeln und Steinen gut ausgestattetes Aquarium. Sie nehmen gern größeres Tümpelfutter und Regenwürmer, aber auch fleischliche Ersatznahrung (Rinderherz, Thunfischfleisch, gekochter Schinken). *Channa orientalis* ist leichter als die meisten anderen Schlangenkopffische zu züchten. Das hängt sicher mit der relativen Kleinheit der Art zusammen und mit den daraus resultierenden geringeren Platzansprüchen. Zur Zucht empfiehlt sich paarweiser Ansatz, gutes Anfüttern mit Weißen Mückenlarven und weiches, strömendes Wasser. Das Becken sollte so eingerichtet sein, daß das Weibchen gute Chancen hat, sich zu verstecken. Hier sind Zufluchtorte auch direkt in der Nähe der Wasseroberfläche wichtig. Wurzeln und einige Steine sollten also bis fast unter die Wasseroberfläche reichen. Die Zuchtchancen steigen mit der Größe des Aquariums. Kleine Ceylon-Schlangenköpfe sind Maulbrüter im männlichen Geschlecht. Die Männchen werden größer und zeigen meist mehr Farben. Allerdings ist es oft sehr schwer, die Geschlechter außerhalb der Fortpflanzungsaktivitäten zu erkennen. Brauchbarstes Kriterium ist in den meisten Fällen wohl der fülligere Leib laichreifer Weibchen. Nach den sich oft über viele Tage hinziehenden Scheinpaarungen erfolgt die eigentliche Eiabgabe. Die zahlreichen durchsichtigen Eier haben einen Durchmesser von 1,1 mm und enthalten eine große, klare Ölblase. Sie schweben langsam nach oben und werden hier vom Männchen ins Maul genommen. Im Gegensatz zu *Channa gachua,* der seine Brut nur etwa 4 Tage im Maul beläßt, pflegt sie der *Ch.-orientalis*-Vater etwa 9 bis 10 Tage. In dieser Zeit sollte man nicht füttern, da er sonst beim Versuch, Nahrung aufzunehmen, die Eier verliert. Trotz großer Eizahlen wurden bisher im Aquarium kaum mehr als 40 Jungfische pro Brut aufgezogen.
Die Brut wird von beiden Eltern gleichermaßen toleriert. Oft schmiegen sich die Jungen eng an die Eltern. Bei dieser Gelegenheit machte ETTRICH eine sehr interessante Beobachtung: »Nachdem mehrere Jungfische wieder einmal in engem Körperkontakt quasi an ihrer Mutter klebten, führte die plötzlich eine schnelle kreisende Schwimmbewegung aus und stieß dabei eine Wolke von Laichkörnern aus. Diese Eier waren im Gegensatz zu jenen, die beim Fortpflanzungsakt ausgestoßen werden, schwerer als Wasser. Sie sanken rasch zu Boden, während sich die Jungfische wie wild auf sie stürzten.«
Dieses Verhalten wurde bisher noch nicht von anderer Seite bestätigt. Ich habe dieses Fütterungsverhalten bislang nicht beobachten können, obwohl ich auch schon *Ch. orientalis* gezüchtet habe. Ich zweifle jedoch nicht an der Richtigkeit von ETTRICHs Angaben, der diese Beobachtung bei zwei Gelegenheiten machen konnte. Offenbar handelt es sich bei diesem bemerkenswerten Fütterungsverhalten um eine Anpassung an das Leben in relativ stark fließenden, nahrungsarmen Bächen.

Augenfleck- und Punktierter Schlangenkopf

Der Augenfleck-Schlangenkopf
Channa pleurophthalma
(BLEEKER, 1850)
Zeichnungen unten und Seite 11

Er ist oberseits grau oder bräunlich, unten stark aufgehellt. Die Körperseiten sind bei jungen Tieren rehbraun. Ältere *Ch. pleurophthalma* haben auf den Seiten vier bis fünf auffallende schwarzweiße Flecken, die innen dunkel und außen weiß oder gelb gerandet sind. Ein weiterer Augenfleck befindet sich auf dem Kiemendeckel, ein anderer direkt auf der Schwanzwurzel. Diese Flecken sind sehr auffallend und wesentlich größer als die Augen. Rücken und Afterflossen sind mit dunklen Schrägbinden versehen.
Es gibt keine andere Schlangenkopfart, die seitlich so abgeplattet ist wie der Augenfleck-Schlangenkopf. Das wird – bei dem im Alter oft sogar ziemlich hoch gebauten Fisch – besonders deutlich, wenn man die Kopfproportionen mit denen anderer Arten vergleicht. Gesicherte Vorkommen von *Channa pleurophthalma* sind nur von Sumatra und Südwestborneo (Kalimantan) bekannt. Die Tiere stammen vor allem aus kleineren und größeren Flüssen.

Der Punktierte Schlangenkopf
Channa punctata (BLOCH, 1793)
Foto Seite 35 oben

Diese vergleichsweise kleine Schlangenkopf-Art ist in der Färbung sehr variabel. Oberseits ist sie in der Regel grünlichbraun, unterseits gelblich oder weißgrau. Auf der oberen Körperhälfte befinden sich schräg verlaufende dunkle Querbänder, an der Unterseite einzelne Flecken. Die Kehle mancher Tiere ist

Schlangenkopffische von unten gesehen (a, b, c nach NG und LIM, 1990):
a) *Channa pleurophthalma*
b) *Ch. melasoma*
c) *Ch. marulioides*
d) *Ch. orientalis*
e) *Ch. bleheri*

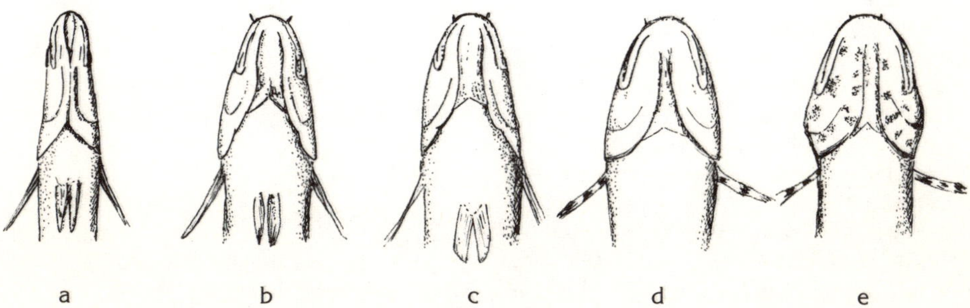

gelegentlich blaugrün, vielleicht ein Geschlechtsmerkmal.
Anfangs sind die Jungen noch weißlich, fast silberglänzend und haben auf dem Rücken und längs der Seiten etwas unterhalb der Mitte je einen schwarzen Längsstreifen. Nach und nach geht die silberne Längsstreifung in ein herrliches Goldgelb über. Diese kontrastreiche Streifung tragen die Jungfische oft noch mit einer Länge von 7 cm.
Der Punktierte Schlangenkopf ist in ganz Vorderindien und Sri Lanka häufig. Vorzugsweise kommt er in stillstehenden Gewässern vor, also in kleinen und größeren Teichen und Seen. Nur gelegentlich wird der Punktierte Schlangenkopf auch in Flüssen gefangen. In Indien hat er sich als besonders widerstandsfähig gegen Verschlechterungen der Wasserqualität durch Industrieabwässer erwiesen. Die im Hügelland lebenden *Ch. punctata* bleiben in der Größe deutlich hinter den Flachland-Tieren zurück.
Die anspruchslosen Fische sind für das Artaquarium sehr zu empfehlen. Es sollte gut mit Steinen, Wurzeln und Pflanzen gegliedert sein.
Channa punctata war die erste Schlangenkopf-Art, die gezüchtet wurde. Die Zucht gelang KÖHLER (»Blätter« 1907) in einem 100-Liter-Aquarium bei einer Temperatur von 37 °C (!). Das Ablaichen geschah in der Nacht. Es wurde kein Nest gebaut – eine Beobachtung, die auch durch Freilandbeobachtungen bestätigt wird. Am Morgen war der ganze Wasserspiegel mit schwach gelblich-durchsichtigen Eiern bedeckt. Das Männchen stand direkt unter dem Laich, auch das durch Bisse stark beschädigte Weibchen konnte nun ungehindert bei dem Laich und der heranwachsenden Brut bleiben. KÖHLER schätzte die frischgeschlüpften Jungfische auf mindestens 1500!
Im Freiwasser findet man die goldgestreiften Jugendformen besonders in den Monaten Mai und Juni, gelegentlich auch später. Die bernsteinfarbenen Eier haben einen Durchmesser von 1,2 mm. Die etwa 3,2 mm langen Larven schlüpfen nach 24 Stunden. Schon am 4. Tag sind sie 5 mm lang und tragen ihr schokoladenbraunes, goldgestreiftes Jugendkleid.

Oben: Punktierter Schlangenkopf (*Channa punctata*). Text Seite 23.
Unten: Bunt und relativ kleinbleibend ist der Regenbogen-Schlangenkopf (*Channa bleheri*). Text Seite 23.

Seite 36:
Die Fortpflanzung beim Regenbogen-Schlangenkopf: Zur Paarung hat das Männchen das Weibchen fest umschlungen (oben links). Daneben sind das Männchen unter dem Eifloß und unten die brutpflegenden Eltern mit ihren knapp vier Wochen alten Jungtieren abgebildet. Text Seite 24.

Seite 37:
Oben ein Schwarm junger Glänzender Schlangenköpfe (*Channa lucia*). Text Seite 27.
Unten: Quergestreifter Schlangenkopf (*Channa striata*). Text Seite 39.

Goldener und Quergestreifter Schlangenkopf

Der Goldene Schlangenkopf
Channa stewartii (PLAYFAIR, 1867)

Die Art gehört zu den schönsten Schlangenkopffischen. Das große Umschlagbild zeigt die ansprechende Zeichnung der Alttiere, die beide Geschlechter aufweisen. Neben der Goldfärbung sind auch die quergestreiften Brustflossen typisch.
Goldene Schlangenköpfe sind in Nordost-Indien, in Assam und Cachar zu Hause. Sie kommen sowohl in stehenden als auch in fließenden Gewässern vor.
Die immer hungrigen Fische werden im Aquarium bald sehr zutraulich und kommen zum Futterbetteln an die Scheibe. Als ausgesprochene Räuber sollte man sie einzeln oder paarweise halten, letzteres allerdings nur in wirklich gut durch Steine und Wurzeln gegliederten Aquarien ab 1,80 m Länge. In kleineren Becken bekommen auch eingespielte Paare auf Dauer Probleme.

Der Quergestreifte Schlangenkopf
Channa striata (BLOCH, 1793)
Foto Seite 37, Zeichnung Seite 10

Quergestreifte Schlangenkopffische sind in Süd- und Südost-Asien die häufigsten Schlangenköpfe, sie werden als »Common Snakehead« bezeichnet. Sie leben zwar auch in Flüssen und Kanälen, häufiger jedoch in Teichen, Tümpeln, Sümpfen, Marschen, ja sogar in Reisfeldern und im Brackwasser. Auch im Bergland trifft man Quergestreifte Schlangenköpfe an. Dort erreichen sie aber geringere Größen.
Fundorte gibt es auf Sri Lanka (Ceylon), in Vorderindien, Südchina, Burma, Thailand, auf der Malaiischen Halbinsel, den Inseln Indonesiens einschließlich Borneo, Celebes, den Molukken und Timor. Außerdem sind sie auf den Philippinen und auf Hawaii eingebürgert.
Dem großen Verbreitungsgebiet entsprechend sind Quergestreifte Schlangenköpfe sehr variabel gefärbt. Im Gegensatz zu einigen anderen Schlangenköpfen verändert sich die Färbung in Abhängigkeit von der jeweiligen Stimmung des Tieres kaum. Erwachsene Tiere haben meist 6 bis 15 dunkle Querstreifen an der Seite, die V-förmig nach vorne zeigen. Die Oberseite kann grünlich, grau oder auch braun sein, die Seiten sind weiß, grau oder gelblich.
DERANIYAGALA (1952) beschreibt die Jugendfärbung Quergestreifter Schlangenkopffische aus Sri Lanka: Bis zur Größe von 15 mm sind sie leuchtend orangerot gefärbt, anschließend färben sie sich zunächst vor allem an Rücken und Unterseite unscheinbarer, so daß bei 25 mm großen Tieren von der Orangefärbung nur noch ein unscharfer Längsstreifen geblieben ist. Die dunklen Querstreifen erscheinen erst bei etwa 40 mm langen Tieren. Bei ihnen bildet sich auch ein augenfleck-

Oben: Der Kleine Ceylon-Schlangenkopf (*Channa orientalis*) mit einem wenige Wochen alten Jungtier. Text Seite 31.
Unten: Das Maul offenbart es: Auch der Regenbogen-Schlangenkopf (*Channa bleheri*) ist ein Räuber! Text Seite 23.

artiges Gebilde am Hinterrand der Rükkenflosse. Mit zunehmendem Alter verschwindet der Fleck wieder.
Junge *Channa striata*, die ich aus Thailand (nähere Umgebung von Bangkok) mitgebracht hatte, färbten sich genau wie die oben beschriebenen Tiere aus Sri Lanka um.
Die robusten Tiere stellen weder an das Wasser noch an die Art des Futters besondere Ansprüche. Allerdings sind sie sehr gefräßig und schnellwüchsig, zudem recht aggressiv. Auf Dauer wird man in nur mittelgroßen Becken nicht mehr als ein Tier halten können.
Auch *Ch. striata* wurde schon wiederholt in Gefangenschaft gezüchtet. Hierzu sind aber Großbecken zu empfehlen. Die angesetzten Tiere sollten mindestens 20 cm groß sein.
Ausführliche Berichte über das Brutverhalten im Freiwasser gibt es von Sri Lanka (WILLEY) und den Philippinen (HERRE): Die Alttiere wählen einen ruhigen, dichtbewachsenen Platz und beißen dort alle Wasserpflanzen weg. Nach der Eiablage schwimmen die Eier als dünner Film unter der Wasseroberfläche und werden vom Männchen scharf bewacht. Die bernsteinfarbenen, manchmal auch kräftig gelben Laichkörner haben einen Durchmesser von 1,2 bis 1,5 mm.
Das Schlüpfen erfolgt je nach Temperatur nach 1 bis 3 Tagen. Die Larven sind dann 3,5 mm lang. Nach 4 Tagen haben sie 6,75 mm und in der neunten Woche bereits 20 mm Gesamtlänge erreicht. Gewöhnlich bemühen sich beide Eltern um die Jungfische, die in einem dichten Schwarm zusammenbleiben und alle gleichzeitig zum Luftholen an den Wasserspiegel kommen. Ab einer Größe von 5 bis 6 cm beginnt sich der Schwarmzusammenhalt der Jungen aufzulösen.

Der Afrikanische Schlangenkopf
Parachanna africana
(STEINDACHNER, 1879)
Zeichnung auch Seite 11

Die langgestreckten, schlanken Tiere sind in Westafrika von Lagos bis Kamerun zu Hause. Sie haben auf gelblichgrauem bis lehmfarbenem Grund etwa 10 pfeilspitzartig nach vorn weisende Winkelbänder. Auf den Kiemendeckeln befinden sich ein auffallender dunkler Fleck und ein kräftiges dunkles Band, das am Auge beginnt. Die Brustflossen sind quergebändert. – Junge *P. africana* sind gelblich und haben ein breites dunkles Längsband, das in der Afterflosse endet.
Afrikanische Schlangenköpfe sind ruhige Fische, die man leicht auch an Ersatzfutter gewöhnt. Sie nehmen Regenwürmer, gekochten Schinken und sogar Käse. Sie wurden erstmals bereits vor 1911 gezüchtet. Wichtig ist eine Temperaturerhöhung auf etwa 30 °C sowie eine paarweise Unterbringung in einem gut mit Schwimmpflanzen ausgestatteten Artbecken. ARMBRUST empfiehlt als Laichanreiz die Zugabe von Kaliumjodid.
Die Fische umkreisen sich an der Oberfläche, wodurch ein schwimmpflanzenfreier Bereich gebildet wird. Hier wird

nach einigen Scheinpaarungen abgelaicht, wobei etwa 2000 Eier abgegeben werden. Sie treiben nach oben und werden von den Schwimmpflanzen zusammengehalten. Das Männchen bewacht den Laich und verteidigt ihn mit Nachdruck.
Nach zwei Tagen schlüpft die Brut. Drei bis vier Tage später müssen die Kleinen mit frischgeschlüpften *Artemia*-Nauplien gefüttert werden. Die gelblichfleischfarbenen Jungen haben ein breites, schwärzliches Längsband. Erst nach etwa 6 bis 8 Wochen ist andeutungsweise die Winkelzeichnung zu erkennen.

Der Dunkelbäuchige Schlangenkopf
Parachanna obscura
(GÜNTHER, 1861)
Zeichnung Seite 11

Die relativ häufige Art wird besonders in sauerstoffarmen Tümpeln angetroffen. Das Verbreitungsgebiet umfaßt große Teile Afrikas: vom Weißen Nil über das Tschadbecken bis nach Senegal. Weiter südlich kommt die Art in ganz Westafrika, in Kamerun sowie im Kongobecken vor.
Diese Schlangenkopffische sind auf ockerbraunem Grund markant dunkelbraun gezeichnet. Typisch ist eine Reihe sehr großer Flecken auf der Seitenlinie und ein durch das Auge gehender dunkler Kopfstreifen. Ansonsten sind die Fische sehr variabel in der Zeichnung.
Das Männchen legt zur Laichzeit eine Prachtfärbung an. Die dunkelbraunen Flecken sind dann tiefdunkel-stahlblau umgefärbt. Außerhalb der Laichzeit bemerkt man keine Geschlechtsunterschiede.
Jungtiere haben ein kräftiges dunkles Längsband, das an der Schnauze beginnt und sich in der Schwanzflosse verläuft.
Die Zucht erfolgt nach ARMBRUST ähnlich wie bei *P. africana*: »Beide Partner schwammen im Kreis hintereinander her. Daher auch die freie Fläche an der Schwimmpflanzenschicht. Dabei wurden die Kreise immer enger. Dann

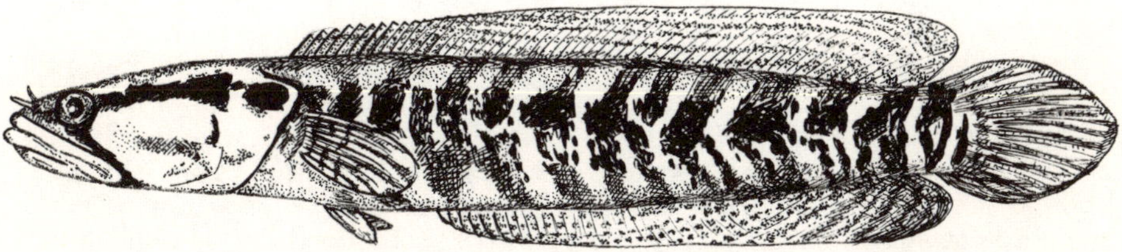

Der Afrikanische Schlangenkopf (*Parachanna africana*).

schwamm das Männchen über den Rücken des Weibchens und legte sich in einem geschlossenen Ring um den langgestreckten Körper des Weibchens, wobei die Geschlechtsöffnungen genau nebeneinander lagen. Ähnlich machen es auch die übrigen Labyrinther. Sobald das Männchen den Ring geschlossen hatte, drehte sich das Weibchen mit dem es umschlingenden Männchen auf den Rücken, und die Laichabgabe erfolgte. Es sah aus, als wenn ein Boot kentert, denn dieses Umdrehen geschieht nicht durch Flossenbewegung. Ein Laichakt dauerte etwa 10 bis 20 Sekunden, dann lösten sich die Partner, und nach einer kurzen Ruhepause ging es wieder los…«
ARMBRUST schätzte die Laichabgabe einer Laichphase auf weit über 1000 Eier. Sie sollen lichtempfindlich sein (?) und leicht verpilzen. Die Brut schlüpft nach 48 Stunden, nach weiteren drei Tagen nehmen die Kleinen ihre normale Schwimmhaltung ein. Sie werden in den ersten Tagen scharf von ihrem Vater bewacht. Junge *P. obscura* besitzen ein breites, schwärzliches Längsband, das vor der Schwanzflosse endet. In der Schwanzflossenbasis befindet sich ein kleiner, schwarzer, hell eingefaßter Augenfleck.
Sehr ähnlich sieht *P. insignis* aus. Die ebenfalls in Afrika beheimatete Art hat die gleiche Zeichnung, doch sind die großen dunklen Flecken an der Seite oft mit den kleineren Flecken an der Basis der Rückenflosse verbunden. Am sichersten jedoch unterscheidet man die beiden Arten an der höheren Schuppenzahl der *P. insignis* (mLR 83–90 gegenüber 62–76 bei *P. obscura*).

Flösselhechte (Familie Polypteridae)

Flösselhechte haben wie Schlangenkopffische einen langgestreckten, mehr oder weniger drehrunden Körper, ein zusätzliches Atmungsorgan und Nasententakel. Trotz dieser Ähnlichkeiten gehören sie einer sehr viel altertümlicheren Fischfamilie an. Am deutlichsten wird das aus der Tatsache, daß die Jungfische in den ersten Lebenstagen noch äußere Kiemen tragen.
Erwachsene Flösselhechte haben eine zur Lunge umgebaute Schwimmblase. Ohne diese Zusatzatmung würden sie ersticken. Ihre Rückenflosse ist in eine Vielzahl einzelner »Flössel« aufgeteilt. Flösselhechte sind dämmerungsaktiv.

Bunter Flösselhecht

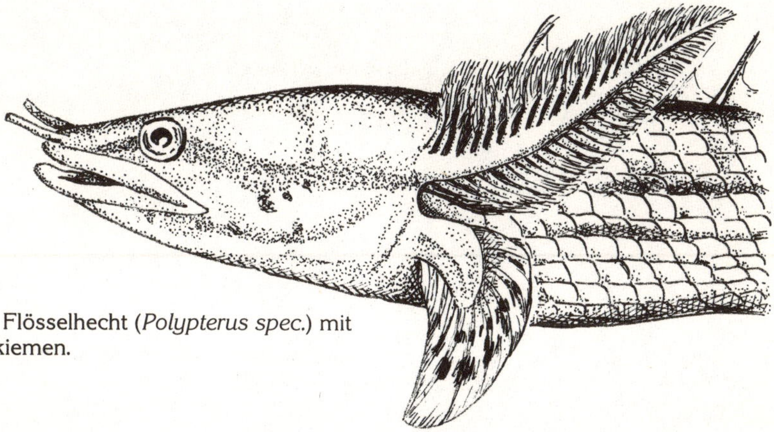

Junger Flösselhecht (*Polypterus spec.*) mit Außenkiemen.

Sie sind in den sumpfigen und vegetationsreichen Uferzonen afrikanischer Tropengewässer zu Hause. Auch im Aquarium brauchen sie ausreichende Möglichkeiten, um sich zu verstecken. Im Hinblick auf die Nahrung sind sie wenig wählerisch. Sie nehmen jedes übliche Lebendfutter, aber auch Fisch-und Krebsfleisch. Artgenossen gegenüber können sie unleidlich sein. Anderen Aquarien-Mitbewohnern gegenüber sind sie jedoch friedlich, wenn sie nicht von der Größe her als Nahrung in Frage kommen.

Der Bunte Flösselhecht
Polypterus ornatipinnis
BOULENGER, 1902

Die im Flußgebiet des Kongo beheimatete Art hat markant schwarz-gelblich gefleckte Flossen. Auch der Körper ist teilweise so gezeichnet. Daher ist dieser aparte Fisch immer mal wieder im Angebot der Zoofachhändler zu finden. Auch wenn die Fische im Freiwasser ausnahmsweise eine Länge von 40 cm erreichen sollen, bleiben sie im Aquarium kleiner.

Die Afterflosse der Männchen ist deutlich länger als die der Weibchen. Beim Ablaichen werden die Eier für die Zeit der Befruchtung in der Afterflosse des Männchens gehalten. Danach werden die Laichkörner im Aquarium verstreut und die Eltern kümmern sich nicht mehr darum. Nach etwa vier Tagen schlüpfen die bis zu 300 Larven.

Neben dem Bunten Flösselhecht werden aus der artenarmen Gattung gelegentlich noch einige andere Arten eingeführt, wie *P. palmas* und der Zaire-Flösselhecht *P. delhezi.* Auch diese Arten sind wie *P. ornatipinnis* zu pflegen. Die Zucht gelingt nicht auf Anhieb und ist immer ein »Geduldspiel«.

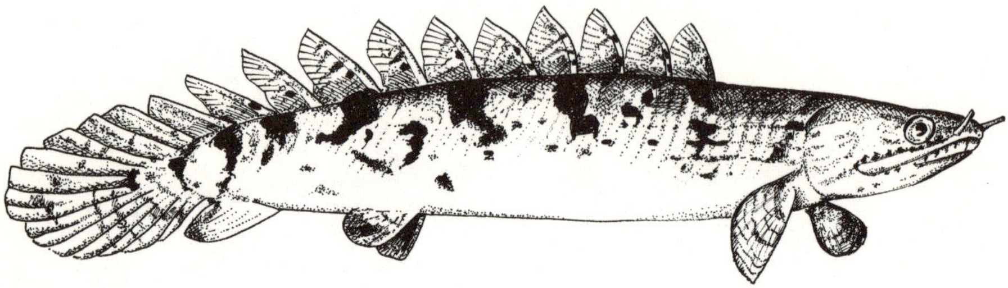

Der Flösselaal
Calamoichthys calabaricus
(SMITH, 1865)

Der Zaire-Flösselhecht (*Polypterus delhezi*).

Auch die ebenfalls zur Familie der Polypteridae zählenden Flösselaale tauchen immer mal wieder im Handel auf. Die aalartigen Westafrikaner unterscheiden sich von den Arten der Gattung *Polypterus* vor allem durch das Fehlen der Bauchflossen. Ihre Rückenflosse besteht aus 7 bis 13 einzelnen Stacheln. An der Zahl der Afterflossenstrahlen kann das Geschlecht erkannt werden: Die Männchen haben 12 bis 14, Weibchen 9 bis 12 Analstrahlen. Flösselaale sind nachtaktiv und halten sich bevorzugt direkt am Boden auf. Die Haltung unterscheidet sich nicht grundlegend von der der Flösselhechte. Bisher liegen noch keine Berichte über gelungene Aquariennachzuchten vor.

Hechtköpfe (Familie Luciocephalidae)

Die deutsche Bezeichnung »Hechtkopf« ist eine direkte Übersetzung des wissenschaftlichen Namens dieser Fische: *Luciocephalus.* Die nächsten Verwandten der Hechtköpfe sind die Labyrinthfische; vielleicht sind die Hechtköpfe

sogar lediglich hochspezialisierte Vertreter aus dieser Fischgruppe.
Wie Schlangenkopffische und Labyrinthfische besitzen Hechtköpfe zusätzlich zu den Kiemen noch ein Labyrinthorgan. Dieses Hilfs-Atemorgan ist vom Aufbau her dem der Labyrinthfische weit ähnlicher als dem der Schlangenkopffische.
Hechtköpfe haben eine auffallend lange Speiseröhre, die sich deutlich von der kurzen Speiseröhre der eigentlichen Labyrinthfische unterscheidet. Hingegen haben sie – entgegen einer früher wiederholt geäußerten Irrmeinung – als gute Schwimmer selbstverständlich eine Schwimmblase.
Die Ähnlichkeiten zum Hecht werden in der Körperform deutlicher als in der Kopfregion. Die Rücken- und die Afterflossen befinden sich weit hinten in der Nähe der Schwanzflosse und kennzeichnen die Hechtköpfe als hochspezialisierte Räuber, die ihren Beutetieren auflauern und sie durch blitzartiges Vorstoßen überraschend packen. Ihr torpedoförmiger Körper ist auf die schnelle Beschleunigung »aus dem Stand« ausgerichtet, nicht jedoch auf schnelles, ausdauerndes Schwimmen.

Der Hechtkopf
Luciocephalus pulcher (GRAY, 1830)

Die Gattung ist nur durch diese eine Art vertreten, die durch ihre typische Körperform und die ansprechende Zeichnung unverkennbar ist. Die weißlichgelben und braunschwarzen Farbmuster sind als Tarnkleidung anzusehen.

In der Schwanzflossenbasis ist ein augenartiger Fleck, der besonders auffällig ist, wenn der Hechtkopf die Schwanzflossenstrahlen bei Beunruhigung zusammenfaltet. Auf den ersten Blick kann dann auch der menschliche Beobachter Vorder- und Hinterteil des Fisches verwechseln – eine nahezu perfekte Täuschung, die sicher gegenüber Beutetieren nützt, vermutlich aber auch eventuelle Freßfeinde täuschen kann: Bei Gefahr kann der Hechtkopf blitzartig in einer »unerwarteten« Richtung davonschießen.
Hechtköpfe sind im Süden der Malaiischen Halbinsel beheimatet, auf den Inseln Borneo und Sumatra sowie auf den kleinen, zwischen ihnen liegenden Inseln Bangka und Biliton.
Hechtköpfe stehen gern still zwischen Wasserpflanzen auf Beute lauernd. Sie sind in den Uferzonen von klaren, langsamfließenden Gewässern zu Hause. Ich fing Hechtköpfe unter anderem im Westen der Malaiischen Halbinsel unweit von Batu Arang. Das Wasser war teefarben, hatte einen Säuregrad von etwa 6 und eine Temperatur von 28°C. Ein entsprechender Lebensraum im Osten der Malaiischen Halbinsel zeigte genau entsprechende Wasserwerte. KORTHAUS gibt für einen Fundort auf Borneo folgende Wasserwerte an: pH geringer als 4,8, Leitwert 15 Mikrosiemens, Temperatur um 27°C.
Hechtköpfe können eine Maximallänge von 18 cm erreichen. Dennoch sind sie auch mit Normalaquarien zufrieden, denn als ruhige Fische haben sie nur ein geringes Bewegungsbedürfnis. Sie lie-

ben aber Wasserströmung und sauberes, klares Wasser. Andererseits sollte man aber auf keinen Fall den Fehler machen, einen zu starken Filter einzusetzen. Das ständige Ankämpfen gegen die Strömung verbraucht dann viel Kraft.
Hechtköpfe brauchen die Deckung von Wasserpflanzen oder Wurzeln und gedämpftes Licht. Weiches und leicht saures Wasser ist empfehlenswert, doch sind die extremen Bedingungen der Naturgewässer zumindest für die Haltung nicht erforderlich.
Wegen ihrer Futteransprüche sind Hechtköpfe nur für ein Artaquarium geeignet. Im Gesellschaftsaquarium würden sie die kleineren Fische fressen, die größeren dagegen würden ihnen das manchmal nur mühsam zu beschaffende Futter wegfressen. Hechtköpfe sind untereinander ausgesprochen verträglich, sie lieben die Gesellschaft von ihresgleichen. Auch im Freien sieht man sie gelegentlich in lockeren Trupps.
Wenn man sich keine Krankheiten einschleppt, sind Hechtköpfe sehr pflegeleicht. Das eigentliche Problem ist die Futterbeschaffung. Erwachsene *Luciocephalus* sind am einfachsten mit kleineren Fischen zu ernähren: ausgewachsene Guppys, Zebrabärblinge, kleine Karauschen und andere Kleinfische. Auch lebende Glaskrebse (*Mysis*) werden gern genommen. Diese garnelenähnlichen Krebschen entsprechen neben Fischen auch der natürlichen Ernährungsweise. Ein großer, von mir in Malaysia frischgefangener Hechtkopf erbrach einen gerade gefressenen Glaskrebs von etwa 2 cm Länge. Junge oder halbwüchsige Hechtköpfe fressen gern Weiße Mückenlarven, ein »Notfutter«, das auch noch für erwachsene Hechtköpfe in Frage kommt. Wasserflöhe werden nur bei großem Hunger genommen. Es ist mir nie gelungen, Hechtköpfe zur Annahme von Wurmfutter, Mehlkäfer-Larven, toten Tieren oder Fleischstückchen zu bewegen.
Bereits 1903 berichtete VOLZ über die Maulbrutpflege bei Hechtköpfen. In »Fische von Sumatra« (Zool. Jahrbuch) schrieb er: »Der Hechtkopf hat Brutpflege, und zwar gewährt er seinen Jungen in der Kiemenhöhle Schutz vor Feinden. Seinen Mund kann er durch die eigentümliche Beschaffenheit der Intermaxillare sehr erweitern.«
Zur Zucht empfiehlt sich neben abwechslungsreicher Fütterung eine Annäherung der Wasserwerte an die Naturbedingungen und paarweise Haltung. Die Geschlechter sind nicht immer leicht zu unterscheiden. Der Kopf der Männchen ist größer und weniger schlank als der der Weibchen, auch sind ihre Afterflossen etwas größer als die der Weibchen.
Balzende Männchen ersetzen ihren Körperlängsstreifen durch ein typisches Tüpfelkleid. Die Balz erfolgt sehr ruhig, ohne Jagen, wie es bei den eigentlichen Labyrinthfischen der Fall ist. Oft stehen die Tiere bis zu einer halben Stunde bewegungslos beieinander. Bei der Balz bläht das Männchen den nun schwarz längsgestreiften Mundboden oft weit auf und bewegt seine

Bauchflossen abwechselnd schnell vor und zurück.
KOKOSCHA berichtet, daß der maulbrütende Vater die Jungen erst nach etwa 28 Tagen freigibt. Die Eier sind schwerer als Wasser und haben einen Durchmesser von 3,5 mm. Ausgewachsene Weibchen produzieren gut 100 Eier pro Laichphase. Eben freigelassene Jungfische messen bereits 13 mm und sind mit gesiebten Wasserflöhen, besser noch mit frischgeschlüpften Fadenfischlarven zu füttern. Bald nehmen sie auch Mückenlarven.

Salmler (Unterordnung Characoidei)

Salmler sind tropische Karpfenfische, die in über 1500 Arten in Afrika und Mittel- sowie Südamerika verbreitet sind. Die meisten Salmler sind harmlose, oft farbenprächtige Schwarmfische.
Aber auch unter den Salmlern gibt es einige sehr interessante Raubfische, wie beispielsweise den Afrikanischen Raubsalmler *Hydrocynus vittatus* (Foto Seite 56 oben) oder den Bandsalmler *(Rhaphiodon)* aus den Gewässern im Amazonas-Urwald. Bandsalmler sind schlanke, silberglänzende Räuber, die bis zu 40 cm lang werden können. Ihre mächtigen, säbelförmig gebogenen Raubzähne an der Spitze des Unterkiefers sind so lang, daß sie beim Schließen des Maules in Perforationen des Oberkieferrandes eingeschoben werden müssen. Fische aus dieser Verwandtschaft wurden bisher offenbar noch nicht in Heimaquarien gepflegt; sie dürften sich auch nur für Einzelhaltung eignen.
Die Zahl räuberischer Arten in der Unterordnung der *Characoidei* ist groß. Ich kann hier nur eine Auswahl empfehlenswerter Raubsalmler vorstellen.

Sägesalmler (Gattung Serrasalmus)

Bei den etwa zwanzig Arten, die zur Gattung *Serrasalmus* zählen, handelt es sich um die allbekannten und berüchtigten Piranhas Südamerikas. Über ihre Gefährlichkeit sind viele Horrorgeschichten in Umlauf. Tatsächlich wird hier meistens sehr dick aufgetragen. Ich habe oft in südamerikanischen Gewässern geschnorchelt und gebadet, während gleichzeitig direkt neben mir Freunde einen Piranha nach dem an-

deren mit der Angel aus dem Wasser zogen!
Andererseits: Gemeinschaftsangriffe von Piranhaschwärmen auf blutende Tiere sind bekannt. Mit ihren messerscharfen Zähnen können sie tatsächlich Fleischstückchen aus den überfallenen Tieren herausreißen.
In verschiedener Hinsicht fallen die Piranhas aus dem »Raubfisch-Schema« heraus. Ihnen fehlt die schlanke, hechtähnliche Körperform des typischen Jägers. Sie haben im Gegenteil einen rundlichen, hoch gebauten Körper. Auch lauern sie nicht als Einzelgänger im Versteck ihrer Nahrung auf. Sie leben gern gesellig mit ihresgleichen und lieben den Aufenthalt im deckungsarmen Freiwasser.
Die Normalnahrung der Piranhas sind mittelgroße Fische. Dabei werden Fische mit rundlichem Körperumriß verschont – ein Grund dafür, daß Piranhas in der Regel Artgenossen, aber auch die verwandten, scheibenförmigen Mühlstein- und Scheibensalmler nicht behelligen.

Der Rote Piranha
Serrasalmus nattereri (KNER, 1860)

Die bis etwa 30 cm groß werdenden Roten Piranhas werden immer wieder beim Zoofachhändler angeboten. Er-

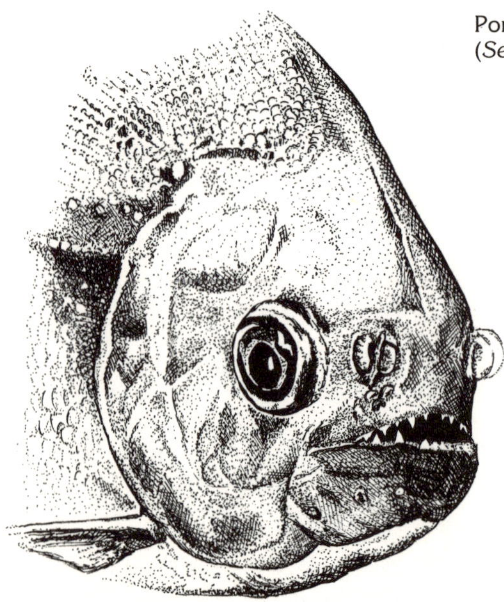

Portrait eines Roten Piranha (*Serrasalmus nattereri*).

wachsene Fische haben eine rote Kehl- und Brustpartie. Der hoch gebaute, grau-blaue Körper hat zahlreiche, unregelmäßig angeordnete Glanzschuppen. Es gibt eine Reihe sehr ähnlicher Arten (Unterarten?), wie *Serrasalmus notatus,* der sich durch das Vorhandensein eines direkt am Beginn der Seitenlinie liegenden schwarzen Flecks auszeichnet. Bei dieser Form erstreckt sich das Rot auch auf die gesamte Afterflosse. Junge *P. nattereri* haben am ganzen Körper eine Vielzahl schwärzlicher Punkte.

Ein oft gebrauchtes Synonym ist die Bezeichnung *Rooseveltiella nattereri. Serrasalmus nattereri* kommt im gesamten Regenwaldgebiet Südamerikas vor und ist insgesamt die am häufigsten vorkommende Piranha-Art.

Piranhas sind im Freiwasser wie im Aquarium äußerst vorsichtige und schreckhafte Tiere. Sie brauchen also eine längere Eingewöhnungszeit. Die Haltung zu mehreren Exemplaren ist in möglichst großen Aquarien relativ einfach. Natürlich muß regelmäßig für ausreichend Futter gesorgt werden. Als Futter kann Fleischnahrung jeglicher Art dienen, besonders gut eignen sich Fischabfälle, aber auch Tümpelfutter und lebende Regenwürmer.

In zu kleinen Aquarien ohne Versteckmöglichkeiten bleiben oft nur die kräftigsten Tiere übrig, speziell dann, wenn ein Paar in Ablaichstimmung kommt. Man sollte nicht dem Ehrgeiz verfallen, Piranhas mit anderen Arten zu vergesellschaften. Wenn Piranhas gelernt haben, daß das regelmäßig eingebrachte tote Futter viel einfacher zu bekommen ist als lebende Kleinfische, kann es aber auch zu überraschenden Fischgemeinschaften in Piranha-Bekken kommen.

Auch wenn Piranhas in aller Regel furchtsam und zurückhaltend sind – man sollte nie vergessen, daß man es mit Tieren zu tun hat, die blitzartig vorstoßen und zubeißen können. Das ist beim Scheibenreinigen zu beachten, mehr noch beim Umsetzen der Tiere!

Die Zucht ist bisher wohl nur in großen Schauaquarien gelungen. Die Männchen legen im Kiesboden Gruben an. Das Ablaichen erfolgt in der Morgendämmerung, anschließend wird das Weibchen verjagt, und der Vater übernimmt die Brutpflege. Die 500 bis 1000 Eier sind goldfarben und kleben auf dem Kies.

Vom achten Tage an schwimmen die Jungen frei. Sobald ihr Dottersack aufgezehrt ist, müssen sie mit frischgeschlüpften *Artemia-Larven* gefüttert werden. Die weitere Aufzucht mit Tümpelfutter und geschabtem Fleisch ist nicht schwer. Allerdings muß man besonders schnell wachsende Jungtiere rechtzeitig absondern, damit sie sich nicht über ihre kleinen Geschwister hermachen.

Forellensalmler (Familie Erythrinidae)

Bei den Forellensalmlern handelt es sich um stumpfschnäuzige, kräftig gebaute Raubsalmler. Dennoch haben sie

eine typische langgestreckte Körperform und ein sehr großes, mit kräftigen Zähnen ausgestattetes Raubfischmaul. Sie sind nicht mit dem gleichnamigen Forellensalmler *Copeina guttata* zu verwechseln, einem harmlosen Schwarmfisch. Wegen ihres sehr kräftigen Gebisses werden die dort als Trahiras bezeichneten *Erythrinidae* in vielen Teilen Südamerikas mehr gefürchtet als die Piranhas. Im Freiwasser leben sie in erster Linie von lebenden Fischen – eine Vergesellschaftung mit anderen Arten ist daher nicht möglich. Wie die Piranhas können sie mit ihrem sehr kräftigen Gebiß auch aus größeren Fischen Fleischstückchen herausreißen. Oft findet man die Forellensalmler in den dicken Laubschichten am Boden trockenfallender Tümpel. Hier können sie länger als alle anderen Arten im sauerstoffarmen Wasser überdauern, da sie neben der Kiemenatmung noch ein zusätzliches Atmungsorgan haben, mit dem sie atmosphärische Luft veratmen können. Hierzu dient der vordere Teil ihrer Schwimmblase. Daher kommen die Fische in unregelmäßigen Abständen an die Wasseroberfläche, um die Luft in diesem Atemhilfsorgan auszutauschen. Wenn sich die Lebensbedingungen im weiter austrocknenden Tümpel verschlechtern, versuchen Forellensalmler über Land kriechend neue Wasserstellen aufzusuchen.
Forellensalmler sind Einzelgänger, die man sicher nur in sehr großen Aquarien zu mehreren halten kann. Es liegen daher keine Berichte über die Zucht im Aquarium vor.

Der Tigersalmler
Hoplias malabaricus (Bloch, 1794)
Zeichnung Seite 7

Von der Färbung her ist der Tigersalmler ein unscheinbarer, tarnfarbener Fisch: Auf grau-braunem Grund befinden sich mehr oder weniger regelmäßig angeordnete dunklere Flecken. Typisch sind drei dunkle Streifen, die vom Augenhinterrand nach hinten ziehen: einer schräg nach oben, einer waagerecht zum Rand des Kiemendeckels und einer schräg nach unten. Auch die Flossen sind dunkel gesprenkelt.
Die Männchen haben eine fast gerade Bauchlinie, während die Weibchen deutlich fülliger sind. Die Tiere sind in den Tropenbächen und -tümpeln Südamerikas weit verbreitet.
Da die Fische sowohl von der Wasserqualität als auch vom Futter her nur geringe Ansprüche stellen, ist die Haltung sehr einfach. Man muß sie jedoch einzeln unterbringen, jedenfalls bei Aquarien »normaler« Ausmaße. Dann allerdings sind die Platzansprüche dieser wenig schwimmfreudigen Art, wie auch bei Schlangenkopffischen, recht gering. Die Größe von maximal 50 cm und die wenig attraktive Farbe weisen den Tigersalmler aber als weniger empfehlenswerte Art aus.
Als Nahrung wird jedes Futter fleischlicher Herkunft genommen, egal ob lebend oder tot. Regenwürmer und Rinderherz sind ideale Futtermittel für die Tigersalmler.
Zur Gattung *Hoplias* gehören neben *H. malabaricus* auch die Arten *H. ma-*

crophthalmus aus den Guayana-Ländern (erreicht bis zu 1 m Länge!) und *H. microlepis* aus der Pazifik-Region von Ecuador, aus Panama und Costa Rica (wird lediglich etwa 25 cm lang). Beide Arten sind meines Wissens noch nicht eingeführt worden.
Ganz entsprechende Angaben zur Haltung gelten für die nahe verwandte Art *Hoplerythrinus unitaeniatus,* den Gestreiften Raubsalmler aus dem Norden Südamerikas. Er wird etwa 40 cm groß und hat wohl die vom Augenhinterrand ausgehenden Streifen des *Hoplias,* nicht aber sein Fleckenmuster. Statt dessen besitzt er einen auffallenden dunklen Körperlängsstreifen.

Der Lachssalmler
Erythrinus erythrinus (SCHNEIDER, 1801)

Die maximal »nur« 25 cm lang werdenden Lachssalmler sind ausgesprochen attraktiv. Die Männchen entwickeln eine fahnenartig verlängerte Rückenflosse und haben lachsfarbig-rötlich-goldene Körperflanken. Besonders die Lippen, aber auch die ganze untere Kopfgegend ist blau gefärbt.
Lachssalmler stammen aus langsam fließenden Bächen des südamerikanischen Regenwaldes.
Der schöne Fisch ist in jeder Hinsicht anspruchslos, aber aufgrund seiner Aggressivität leider nur für die Einzelhaltung zu empfehlen. Ein ausgewachsenes Männchen ist problemlos in einem Aquarium von 80 cm Seitenlänge zu halten, das ansprechend mit Wurzelunterständen und härteren Pflanzen *(Echinodorus)* eingerichtet werden sollte. Neben lebenden Fischen wird jede Art von Fisch- oder Fleischteilchen genommen, sehr gern auch lebende Regenwürmer. Die Tiere lernen den Pfleger bald kennen und kommen, um Futter bettelnd, an die Frontscheibe.

Der Lachssalmler (*Erythrinus erythrinus*).

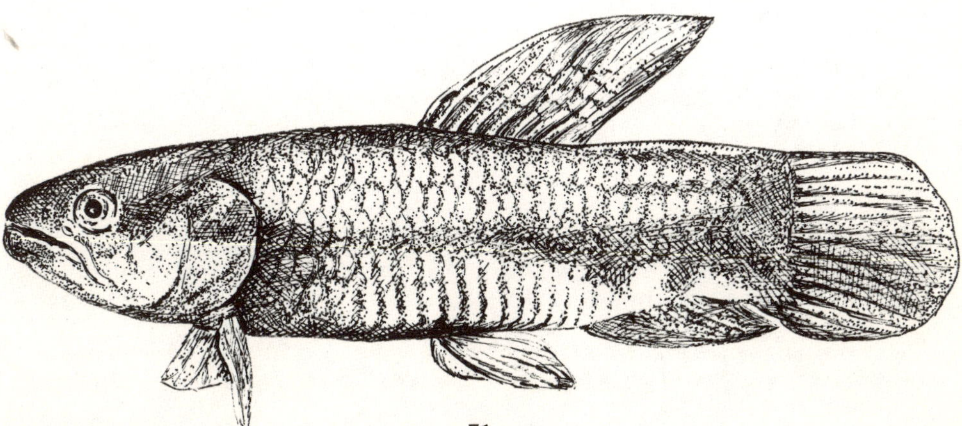

Hechtsalmler (Familien Hepsetidae und Ctenoluciidae)

Zu diesen Familien gehören einige langgestreckte, sehr räuberische Fischfresser mit schlanker, hechtartiger Gestalt. Anders als die deckungsliebenden Hechte halten sich die rasanten Schwimmer gern im freien Wasser auf. Im Aquarium erweisen sich Hechtsalmler als lebhafte, oft auch nervöse Raubfische mit einem relativ hohen Futterbedarf. Gut eingewöhnte Tiere gehen aber problemlos auch an Ersatzfutter.
Die Hechtsalmler aus der Familie Ctenoluciidae sind mit den Gattungen *Ctenolucius* (eine Art) und *Boulengerella* (drei Arten) in den Tropengebieten Südamerikas zu Hause. Zur afrikanischen Familie der Hepsetidae gehört nur eine Gattung mit einer Art. ROBERTS macht auf die verblüffend große Ähnlichkeit zwischen den afrikanischen und südamerikanischen Hechtsalmlern aufmerksam, die offenbar nahe verwandt sind.

Der Afrikanische Hechtsalmler
Hepsetus odoe (BLOCH, 1794)
Foto Seite 56 unten

Die langgestreckten silbrigen Fische werden bis zu 35 cm groß. Sie haben eine auffallend große Maulspalte. Ihre unpaaren Flossen sind dunkel gemustert; die Fettflosse ist schwarz und hat an der Basis einen runden, auffallenden, orangefarbenen Fleck.
In der Literatur werden Geschlechtsunterschiede nicht erwähnt. Da es aber einerseits schlanke und andererseits größere, sehr viel untersetztere Individuen gibt, kann man annehmen, daß es sich hier um Geschlechtsunterschiede handelt.
Hechtsalmler sind in den Flüssen des tropischen Afrika mit Ausnahme des Nilbeckens verbreitet.
Die relativ schwimmfreudigen Raubfische stellen keine besonderen Ansprüche an den Pfleger. Anfangs sind sie scheu und jagen so heftig im Becken umher, daß man befürchten muß, sie könnten sich verletzen. Sie werden jedoch nach einiger Zeit zutraulich und kommen in Erwartung des Futters zum Pfleger. Sie sind vorzugsweise Fischfresser. Man kann sie aber auch an Ersatzfutter wie lebende Regenwürmer, in Streifen geschnittenen Fisch oder Fleisch gewöhnen. Auch nicht zu feines Tümpelfutter wie Weiße Mückenlarven wird noch von großen Fischen angenommen.
Mit ihresgleichen oder mit etwa gleichgroßen Fischen (ich versuchte es mit Schlangenkopffischen *C. bleheri*) sind Afrikanische Hechtsalmler bedenkenlos zu vergesellschaften.
Es ist bisher wohl noch nicht geglückt, die Afrikanischen Hechtsalmler im Aquarium zu züchten, doch sollte die Zucht bei diesen relativ genügsamen Fischen in ausreichend großen Becken bei abwechslungsreicher Ernährung (möglichst Fische) keine allzu großen Probleme bereiten.
SVENSSON und JOHNELS berichten, daß Afrikanische Hechtsalmler im Freiland

Schaumnester anlegen, in denen sie ihren Laich deponieren. Bei der sehr großen Ähnlichkeit mit *Ctenolucius hujeta* liegt die Annahme nahe, daß der Schaum auf die bei *C. hujeta* beschriebene Weise erzeugt wird (siehe Seite 54). Die Eier werden von einem Elternteil oder von beiden Eltern bewacht.
Hepsetus hat im vorderen Bereich der Unterkiefer auffallende, nach oben weisende Hautanhänge. Die Bedeutung dieser Lappen ist noch unbekannt. – Davon abgesehen dürfte es sich nach ROBERTS bei Hepsetus um eine der ursprünglichsten Salmlerarten handeln.
In Afrika sind die Hechtsalmler als kämpferische Angelfische beliebt, ihr Fleisch soll ausgezeichnet schmecken.

Der Streifenhechtsalmler
Boulengerella lateristriga
(BOULENGER, 1895)

Die sehr schlanken Streifenhechtsalmler stammen aus dem Bereich des Rio Negro. Diese Südamerikaner können eine Gesamtlänge von bis zu 40 cm erreichen. Ihr Name bezieht sich auf den beiderseits silbrig eingefaßten dunkelgrauen bis schokoladenbraunen Längsstreifen, der an der Maulspitze beginnt und im Schwanzflossenursprung endet. Die Schwanzflosse ist apart schwarzweiß gemustert.
Streifenhechtsalmler sind etwas sauerstoffbedürftig und sollten in weichem, leicht saurem Wasser gehalten werden. Wichtig ist auch ein regelmäßiger Teilwasserwechsel. Sie nehmen neben Futterfischen auch Insektennahrung.

Der Gefleckte Hechtsalmler
Boulengerella maculata
(VALENCIENNES, 1849)
Foto Seite 17 unten

Der Gefleckte Hechtsalmler wird bis zu 35 cm lang. Seine Körperseiten ziert eine Vielzahl kräftiger, dunkler Flecken, auch die Schwanzflosse ist gemustert. Die Oberkieferspitze läuft in einen auffallenden roten Zipfel aus. – Die Fische stammen aus dem Strombereich des Amazonas.
Die etwas empfindliche Art sollte in weichem Wasser gehalten werden und regelmäßig einen Teilwasserwechsel bekommen. Neben Fischen fressen Gefleckte Hechtsalmler gern auch Insekten, zum Beispiel Mehlkäfer-Larven.
Sehr ähnlich in Aussehen und Verhalten ist die bis zu 60 cm lang werdende Art *B. lucia* aus den Guayana-Ländern. Auch sie hat einen weichen Oberkieferfortsatz, der aber wie der Körper silbrig gefärbt ist.

Der Hujeta-Hechtsalmler
Ctenolucius hujeta
(VALENCIENNES, 1849)

Diese Hechtsalmler können zwar bis zu 70 cm lang werden, aber als jüngere Exemplare sind sie durchaus für die Aquarienpflege geeignet. Sie erinnern im Aussehen sehr an die afrikanische Gattung *Hepsetus.* Die Fettflosse ist aber ungezeichnet, auch sind die für *Hepsetus* typischen Unterkieferlappen hier kleiner. *Ctenolucius hujeta* hat im

Schwanzflossenursprung einen auffallenden schwarzen Fleck.
Die Männchen sind in der Regel kleiner und schlanker als die Weibchen, ihre Afterflosse ist größer.
Es sind drei Unterarten bekannt: Die Nominatform *C. h. hujeta* stammt aus Venezuela, die Unterart *C. h. beani* aus Panama und Kolumbien. *C. h. insculptus* ist ebenfalls in Kolumbien zu Hause.
Hujeta-Hechtsalmler sind schwimmfreudige und etwas schreckhafte Fische, die neben freiem Schwimmraum auch Deckungsmöglichkeiten lieben. Man hält sie möglichst nur mit ihresgleichen. Neben lebenden Fischen werden von eingewöhnten Exemplaren auch größere Tümpeltiere und totes Ersatzfutter angenommen. Regelmäßiger, nicht zu seltener Wasserwechsel ist wichtig.
Ein ausführlicher Zuchtbericht stammt von SOMMER (1982): Seine Zuchttiere waren etwa 8 Monate alt und hatten eine Gesamtlänge von gut 12 cm. Die Zucht erfolgte in einem 2 m langen Bekken mit einem Weibchen und zwei Männchen (Wasserwerte: 26–28° C, pH um 7, Härte 18 bis 22° dGH).
Dem eigentlichen Ablaichen ging ein heftiges Treiben der Fische mit Parallelschwimmen voran. SOMMER: »Aus dem Parallelschwimmen heraus streckten plötzlich ein Männchen und das Weibchen, nach einem vorangegangenen kräftigen Schwanzschlag, ihr hinteres Körperdrittel schräg aufwärts gerichtet aus dem Wasser. Unter heftigem Zittern erfolgte der Ausstoß von Laichkörnern und Spermien. Während dieser Phase umschlang das Männchen mit seiner größeren Afterflosse den Bauch des Weibchens im Bereich der Genitalpartie. Durch weitere Schwanzschläge und das Wiedereintauchen der Körperenden in das Wasser wurden ein Teil des Laiches und Luftblasen durch die Wasseroberfläche gewirbelt.« So können schaumnesterartige Gebilde entstehen. Pro Gelege werden etwa 2000 Eier abgegeben.
Von elterlicher Brutpflege berichtet SOMMER nicht. Die Embryonen schlüpfen bei einer Temperatur von 26–28° C schon nach 20 Stunden. Nach etwa 60 Stunden wurden sie mit Rädertierchen und *Cyclops*-Nauplien angefüttert.
Die weitere Aufzucht erwies sich als unproblematisch, wenn man von den Schwierigkeiten der Futterbeschaffung absieht. Laich und Jungfische sind offenbar sehr robust.

Wasserhunde (Gattung Acestorhynchus)

Bei den Wasserhunden handelt es sich um eine mehr als 10 Arten umfassende Salmlergattung aus Südamerika. Es

Oben: Gerade aus dem Wasser geholt und für den Verzehr bestimmt: ein Schwarzflossen-Schlangenkopf (*Channa marulioides*) aus Malaysia. Text Seite 29.
Unten: Ein erst wenige Wochen alter Gabelbart (*Osteoglossum bicirrhosum*). Text Seite 64.

sind teils gedrungene, teilweise aber auch langgestreckte Fischfresser von hechtartiger Gestalt mit kräftigen, unterschiedlich gestalteten Zähnen. Als Vertreter dieser selten eingeführten Fische sei hier nur die folgende Art vorgestellt.

Der Hundsalmler
Acestrorhynchus falcirostris
(CUVIER, 1819)

Der Hundsalmler ist ein einfarbig bläulich-silbern glänzender Raubfisch mit einem schwarzen Fleck im Schwanzflossenursprung. Erwachsene Exemplare können Längen von 40 cm erreichen. Die längere Afterflosse unterscheidet sie von den eigentlichen Hechtsalmlern, mit denen die Wasserhunde nicht näher verwandt sind. – Die Raubfische sind in allen tropischen Gewässern Südamerikas verbreitet.
Man sollte den anfangs recht scheuen Tieren auf jeden Fall ausreichend Versteckmöglichkeiten geben. Zur Vergesellschaftung sind nur robuste, mindestens gleichgroße Fische geeignet. Die Fischfresser nehmen nach einiger Zeit anstandslos auch Ersatzfutter an.

Oben: Das Gebiß eines Afrikanischen Raubsalmlers (*Hydrocynus vittatus*). Text Seite 47.
Unten: Der Afrikanische Hechtsalmler (*Hepsetus odoe*) mit seinen auffallenden Unterkieferlappen. Text Seite 52.

Flossenfresser (Familie Ichthyoborinae)

In dieser afrikanischen Familie sind neun Gattungen vereinigt, von denen einige besonders interessant sind, weil sie sich – zumindest zeitweilig – von den Flossen anderer Fische ernähren sollen. Das scherenartige Gebiß mit dem nach oben beweglichen Oberkiefer kennzeichnet vor allem die Gattungen *Eugnathichthys, Belonophago, Ichthyoborus, Paraphago* und *Phago* als derartige Teilparasiten.
Interessanterweise zeigen diese Fische im Aquarium oft ein ausgesprochen »gesittetes« Verhalten, das heißt, daß sie bei guter Ernährung sich oft nicht an den Flossen ihrer Beckengenossen vergreifen. Man kann davon ausgehen, daß das Flossenfressen auch im Freiwasser nur gelegentlich – beispielsweise bei Futterengpässen – vorkommt.
Die Angehörigen der Gattung *Phagoborus* und *Mesoborus* sind eindeutige Fischfresser, die darauf spezialisiert sind, ganze Fische zu verschlingen. Die nur mit kleinen Mäulern ausgestatteten *Hemistichodus* sind dagegen lediglich in der Lage, kleine Insekten zu bewältigen. Leider werden Flossenfresser nur selten importiert.

Der Nadel-Flossenfresser
Belonophago tinanti POLL, 1939

Die extrem schlanke Art erreicht eine maximale Gesamtlänge von 20 cm. Sie ist durch auffallend große Schuppen gekennzeichnet. Der unscheinbar hell-

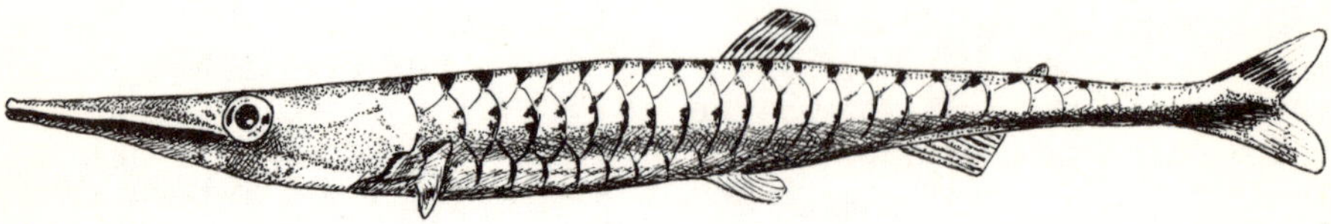

braun gefärbte Körper besitzt zeitweise einen dunklen Längsstreifen, die Schwanzflosse ist am Ansatz rötlich. – Die Nadel-Flossenfresser stammen aus dem Gebiet des unteren Kongo bei Stanley Pool.
Dieser Flossenfresser ist kein Fisch für das Gesellschaftsbecken. Neben Fischen frißt er gern auch Insekten. Es ist ein ruhiger Fisch, der gern still im Versteck steht. Weiches, leicht saures Wasser und ein regelmäßiger Wasserwechsel sind wichtig.

Der Gestreifte Schnabelsalmler
Paraphago rostratus
BOULENGER, 1899

Die maximal 15 cm groß werdenden Raubfische stammen ebenfalls aus dem Kongobecken und haben die gleichen Wasseransprüche wie die Nadel-Flossenfresser. Sie unterscheiden sich von *Phago* durch wesentlich kleinere Schuppen. Ein breiter dunkelbrauner Körperlängsstreifen verläuft auf der Höhe der Seitenlinie. Darüber kann man zwei schmälere, schwächere Parallelstreifen erkennen. Die Schwanzflosse ist schwarzweiß gemustert.
Der ruhige Fisch hält sich gern versteckt. Selbst im Gesellschaftsbecken geht er nur selten anderen Fischen an die Flossen, wenn er ausreichend Fut-

Der Nadel-Flossenfresser (*Belonophago tinanti*).

Der Gefleckte Schnabelsalmler (*Phago maculatus*).

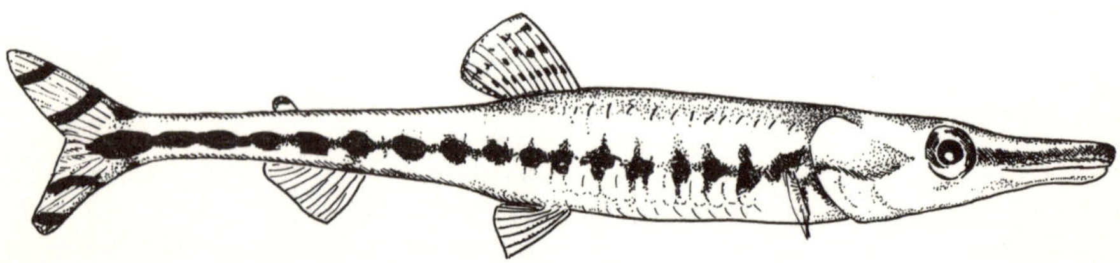

ter bekommt. Als Ersatzfutter wird in Streifen geschnittenes Fischfleisch genommen.
Gelegentlich wird auch der Gefleckte Schnabelsalmler (*Phago maculatus*) eingeführt, eine Art, die *Pharaphago rostratus* in Haltung und Aussehen ähnelt. Das dunkle Längsband ist jedoch in eine Fleckenfolge aufgelöst. Nach GERY (1977) ist der Artname unsicher. Möglicherweise ist *rostratus* ein Synonym zu *loricatus*.

Zahnkarpfen (Ordnung Cyprinodontiformes)

In dieser Fischordnung, besonders unter den Eierlegenden Zahnkarpfen, gibt es einige hechtähnliche Zwergarten, die für die Aquarienhaltung wirklich empfehlenswert sind. Hierzu gehören vor allem Arten aus den Tropengebieten Asiens (die Gattung *Aplocheilus*) und Afrikas (besonders die Gattung *Epiplatys*). Es handelt sich um vergleichsweise klein bleibende Arten, die auch im Alter weitgehend Insektenfresser bleiben. Man kann sie daher nur unter Vorbehalt als »richtige« Räuber ansehen. Sie sind für das übliche Gesellschaftsaquarium mit (nicht gar zu winzigen) Kleinfischen gut geeignet, wenn man regelmäßig für Lebendfutter-Gaben sorgt.
Ein größer werdender wirklicher »Fischfresser« ist der zu den Lebendgebärenden Zahnkarpfen gehörende Hechtkärpfling *Belonesox belizanus*, der auf der folgenden Seite vorgestellt wird.

Der Streifenhechtling
Aplocheilus lineatus
(CUVIER und VALENCIENNES, 1846)

Die bis zu 12 cm lang werdenden Räuber sind im Küstentiefland Vorderindiens in Bächen, Reisfeldern und an bewachsenen Seeufern zu Hause. Sie besitzen grün glänzende Körperschuppen und oft etwa sieben dunkle Querbänder in der hinteren Körperhälfte. Die Weibchen weisen eine ausgeprägtere Bänderung und abgerundete Flossen auf.
Die anspruchslosen Oberflächenfische benötigen gut bepflanzte, versteckreiche Becken. Es ist wichtig, die Aquarien gut abzudecken, da die Fische sehr gern springen!
Streifenhechtlinge nehmen Lebendfutter jeder Art (Insekten, Tubifex, Tümpelfutter, Regenwürmer, kleine Fische), gehen aber auch an Ersatzfutter.
Aplocheilus lineatus ist Pflanzenlaicher,

der mehrere Tage hintereinander laicht, wobei täglich 10 bis 20 große Eier abgegeben werden. Man sollte die Eier absammeln und die Jungen gesondert aufziehen, da viele Eltern laichräuberisch sind. Die Jungen schlüpfen nach etwa 14 Tagen.
Auch der in fast ganz Süd- und Ostasien verbreitete Gemeine Hechtling (*Aplocheilus panchax*) und der aus Sri Lanka stammende *A. dayi* sind empfehlenswerte »Miniräuber«. In der Haltung und Zucht sind sie ähnlich anspruchslos wie *A. lineatus*.

Der Hechtkärpfling
Belonesox belizanus KNER, 1860
Foto Seite 18 unten

Der Hechtkärpfling ist ein unscheinbar gefärbter Lebendgebärender aus dem östlichen Mittelamerika, wo er von Südmexiko bis Honduras vorkommt. Die bis zu 20 cm groß werdenden Fische sind durch ein auffallend riesiges Maul und hechtartig nach hinten versetzte Flossen gekennzeichnet.
Die männlichen Hechtkärpflinge werden nur etwa 10 cm lang und sind an ihrer zum Begattungsorgan umgestalteten Afterflosse (Gonopodium) kenntlich. Es bildet sich allerdings erst, wenn der Fisch eine Gesamtlänge von etwa 4,5 bis 5 cm hat.
Hechtkärpflinge lieben es, lauernd im Versteck zu stehen. Man kommt für ein erwachsenes Paar daher mit verhältnismäßig kleinen Aquarien (ab 50 Liter) aus. Das Becken muß jedoch gut bepflanzt sein und eine möglichst große Anzahl von Verstecken haben, auch an der Oberfläche, da das Weibchen sonst den kleineren Männchen nachstellt.
Jungtiere fressen sofort Wasserflöhe und Enchyträen, große Hechtkärpflinge benötigen Fische (Guppys), ersatzweise auch Libellenlarven, Kaulquappen und Regenwürmer.
Die Zucht ist in großen, dicht bepflanzten Becken nicht schwer. Gut gefütterte Weibchen werfen bis zu 100 Junge von 2,5 bis 3 cm Körperlänge, fressen diese aber gern auf. Die Jungen wachsen bei guter Ernährung schnell heran.

Nanderbarsche (Familie Nandidae)

In dieser artenarmen Fischfamilie gibt es Raubfische mit sehr interessanten Verhaltensweisen. Speziell das Fortpflanzungsverhalten der Nanderbarsche lohnt es mitzuverfolgen, doch auch ihre typische Art des Beuteerwerbs (sie sind Lauerjäger) ist beachtenswert.

Leider sind alle Nanderbarsche im Hinblick auf die Wasserqualität etwas anspruchsvoll. Sie brauchen zum Wohlbefinden weiches und saures Wasser, selbst wenn sie sich gelegentlich mit anderen Wasserqualitäten abzufinden scheinen und nicht sogleich kränkeln.

Auch wenn einige Nanderbarsche anstandslos an Ersatzfutter in Form von Fisch- und Fleischstückchen gehen, sollte man es nicht versäumen, ihnen gelegentlich lebende Tiere wie Regenwürmer, Mehlkäfer-Larven und auch lebende Futterfische (Anglerbedarf) anzubieten.

Die früher auch zu den Nanderbarschen gezählten Blaubarsche (*Badis*) gehören heute nicht mehr in die Familie der Nanderbarsche. Wenn die Blaubarsche auch fast ausschließlich Lebendfutter fressen, so sind sie vom Körperbau her und wegen der relativen Kleinheit ihrer Beutetiere doch keine typischen Raubfische.

Der Blattfisch
Monocirrhus polyacanthus
HECKEL, 1840

Blattfische stehen gern mit dem Kopf schräg nach unten im Wasser. Sie imitieren im Aussehen und Verhalten ein totes, im Wasser treibendes Blatt, und können so unentdeckt auf Beute lauern. An der Unterkieferspitze haben sie ein fadenartiges Anhängsel.

Geschlechtsunterschiede sind kaum erkennbar: Die Weibchen sind lediglich von etwas runderer Gestalt.

Blattfische sind im Stromgebiet des Amazonas, im Rio Negro und in Westguayana zu Hause. Hier leben sie in kleinen schattigen Gewässern, in langsam fließenden Bächen und in stehenden Tümpeln.

Einige Autoren beschreiben Blattfische als sehr empfindlich und empfehlen möglichst weiches Wasser mit einem niedrigen Säurewert, bei anderen Pflegern erwiesen sich die Blattfische als anspruchslos im Hinblick auf die Wasserqualität. Auf jeden Fall sollte das Aquarium nicht zu hell stehen und gut bepflanzt und versteckreich eingerichtet sein.

Zur Laichzeit färbt das Männchen sich dunkler, der Leibesumfang des Weibchens nimmt sichtlich zu. Die Tempera-

tur sollte jetzt auf mindestens 27 °C erhöht werden. Die bis zu 300 Eier werden an die Unterseite von breiten Pflanzenblättern, an Steine oder die Aquarienwand geklebt und vom Vater bewacht und gepflegt. Nun muß das Weibchen herausgefangen werden.
Die Jungen schlüpfen nach vier bis fünf Tagen und hängen dann noch drei Tage lang an einem Fädchen. Sie sind dann schon ziemlich groß und können mit gesiebtem Tümpelfutter ernährt werden. Jetzt stellt auch der Vater der Brut nach, wir müssen ihn nun aus dem Zuchtaquarium entfernen. Bei ungleichmäßigem Wachstum wird es nötig, größere Jungtiere abzusondern, da sie sonst ihre kleineren Geschwister fressen.

Der Südamerikanische Vielstachler
Polycentrus schomburgki
(MÜLLER und TROSCHEL, 1848)
Foto Seite 17 oben

Die gedrungen gebauten Fische mit der gewölbten Stirn erreichen eine Gesamtlänge von bis zu 10 cm. Normalerweise sind sie bräunlich gefärbt, aber zur Laichzeit werden die Männchen samtschwarz und sind dann am Körper silbrig-blau oder grünlich gefleckt. Die in der Regel deutlich kleineren Weibchen sind meist erkennbar dicker.

Südamerikanische Vielstachler stammen aus dem Nordosten des Subkontinents, aus ruhigen Gewässern in Guayana, Venezuela und Trinidad. Sie benötigen ein gut bepflanztes, mit Höhlen eingerichtetes Aquarium. Wir sollten nicht zu hell beleuchten, da Vielstachler vorzugsweise dämmerungsaktiv sind.
Eigentlich sind diese Fische Höhlenbrüter. Gelegentlich laichen sie aber auch an der Unterseite von breitblättrigen Pflanzen ab. Ein Gelege enthält bis zu 600 Eier, die an kleinen Fäden hängen. Die Brutpflege ist alleinige Aufgabe des Vaters; in ausreichend großen Aquarien kann die Mutter jedoch im Becken bleiben, da sie kaum stört. Die Jungen schlüpfen nach etwa drei Tagen und schwimmen nach acht Tagen frei.
Recht ähnlich ist auch die Haltung des Afrikanischen Vielstachlers (*Polycentropsis abbreviata*). Die Männchen dieser Nanderbarsche bauen vor dem Laichen große Schaumnester, vorzugsweise unter Schwimmblättern. Am besten legt man laichwilligen Tieren ein großes Seerosenblatt auf die Wasseroberfläche. Nach dem Ablaichen der 100 bis 200 Eier übernimmt der Vater die Brutpflege. Erst am fünften Tag schlüpfen die Larven, und nach etwa einer Woche beginnen sie ihr selbständiges Leben.

Knochenzüngler (Familie Osteoglossidae)

In dieser altertümlichen Familie sind große, teilweise riesige Süßwasserraubfische vereinigt, darunter der bis zu 4,5 m lang werdende Arapaima (*Arapaima gigas*) aus Südamerika und die beiden *Scleropages*-Arten, die in Südost-Asien zu den beliebtesten Aquarienfischen gehören. Da diese Arten im Anhang II bzw. I des Washingtoner Artenschutzabkommens aufgeführt sind, dürfen sie bei uns nicht gehandelt werden.

Alle Knochenzüngler sind in der Lage, atmosphärische Luft zu atmen. Sie brauchen als lebhafte Schwimmer ausreichend große Aquarien mit genügend Schwimmraum. Sie lieben es zwar, gelegentlich in Deckung zu stehen, aber angelehnte Steine oder zu enge Wurzelunterschlüpfe sind für sie ausgesprochen gefährlich, denn Knochenzüngler sind nur mühsam in der Lage, rückwärts zu schwimmen. Wenn sie sich in einer »Sackgasse« verkeilt haben, bedeutet das baldige Atemnot und oft den Tod des wertvollen Tieres. Als lebhafte Springer brauchen sie ein sorgsam abgedecktes Aquarium.

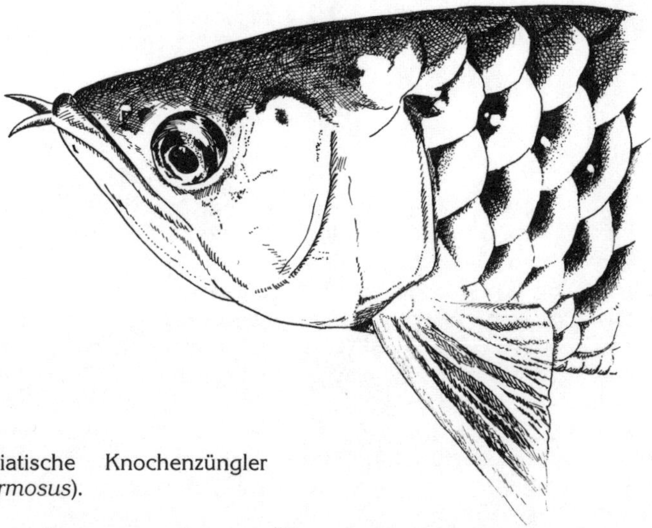

Der Südostasiatische Knochenzüngler (*Scleropages formosus*).

Der Gabelbart (Arowana)
Osteoglossum bicirrhosum
VANDELLI, 1829
Foto Seite 55 unten

Der bis zu 1,20 m groß werdende Gabelbart ist durch sein gewaltiges, schräg gestelltes Maul, die gerade Kopf-Rükken-Linie und die gabelartig gespaltenen Hautanhänge an der Spitze des Unterkiefers unverkennbar. Er stammt aus den Urwaldflüssen in Guayana und dem Stromgebiet des Amazonas. Oft lebt er dort mit Artgenossen in größerer Zahl in stehenden Gewässern und toten Flußarmen.
Gabelbärte benötigen weiches Wasser und möglichst eine Torffilterung. Im Hinblick auf das Futter sind sie dagegen anspruchslos: Neben lebenden Fischen und größeren Wasserinsekten werden Regenwürmer, Fleischstückchen und gelegentlich auch Trockenfutter genommen.
Die Männchen erbrüten die im Durchmesser bis zu 1,6 cm großen Eier im Maul. Nach knapp zwei Monaten werden die Jungen entlassen, die dann schon 8 bis 10 cm lang sind. Zuchterfolge dürften nur in sehr großen Aquarien gelingen. Die Angaben zur Haltung und zur Zucht gelten gleichermaßen für den Schwarzen Knochenzüngler (*Osteoglossum ferreirai*). Diese aus dem Rio-Negro-Gebiet stammende Art hat eine markante schwarze Zeichnung.

Schmetterlingsfische (Familie Pantodontidae)

Diese mit den Knochenzünglern verwandte Familie enthält nur die eine unten aufgeführte Art. Sie gehört zu den am häufigsten im Handel angebotenen Raubfischen. Wie alle Räuber sind jedoch auch die Schmetterlingsfische nicht für das »Normalaquarium« geeignet, wenn darin auch kleine Mitfische wie Guppys oder kleine Salmler gepflegt werden, die die Schmetterlingsfische zu gerne verspeisen.

Der Schmetterlingsfisch
Pantodon buchholzi PETERS, 1876

Das große, schräg stehende Maul sowie die riesigen Bauch- und Brustflossen kennzeichnen diesen Oberflächenfisch hinreichend. Er ist mit keiner anderen Art zu verwechseln. Die Geschlechter sind leicht an der Form der Afterflosse zu unterscheiden: Bei den Männchen ist sie am Hinterrand bogenartig einge-

dellt, bei den Weibchen dagegen gerade.
Die Oberflächenfische stammen aus den Regenwaldflüssen West- und Zentralafrikas. Gern stehen sie still zwischen Schwimmpflanzen und lauern hier auf Beute. Nur selten tauchen sie auch in tiefere Wasserschichten ab. Schmetterlingsfische sind gegen nicht zu kleine Fische friedlich. Sie fressen alles Lebendfutter, vorzugsweise jedoch an der Wasseroberfläche schwimmendes (gern Heimchen und Mehlkäferlarven). Gut eingewöhnte Tiere nehmen auch Flockenfutter, doch werden sie davon auf Dauer nicht satt.
Schmetterlingsfische wurden schon verschiedentlich gezüchtet. Hierzu ist ein paarweiser Ansatz nötig. Wichtig ist, dafür zu sorgen, daß das Weibchen ausreichend Versteckmöglichkeiten (Schwimmpflanzen) vor den Zudringlichkeiten des Männchens bekommt. Das Wasser sollte möglichst weich sein, und die Temperatur sollte 29 °C betragen.
Die Jungen schlüpfen nach etwa 2 Tagen und brauchen jetzt allerkleinstes Futter: Infusorien oder ersatzweise feinst zerhackte Enchyträen, die man am besten noch durch ein feines Sieb preßt. Frischgeschlüpfte Artemien können die Kleinen erst nach knapp zwei Wochen bewältigen.

Halbhechte (Familie Belonidae)

Halbhechte bilden eine Familie von hauptsächlich im Meer verbreiteten schnellen Schwimmern mit schlanker, an einen Hecht erinnernder Gestalt.
Sie sind nicht zu verwechseln mit den ihnen nahe verwandten Lebendgebärenden Halbschnäblern (*Hemirhamphidae*), die so klein bleiben, daß man sie kaum als richtige Raubfische bezeichnen kann. Die Halbschnäbler werden daher hier nicht behandelt.

Der Süßwasserhornhecht
Xenentodon cancila
(Hamilton-Buchanan, 1822)

Süßwasserhornhechte werden bis 32 cm groß. Sie leben in den Fließgewässern von Vorder- und Hinterindien, wo sie meist in lockeren Trupps anzutreffen sind. Es sind sehr schlanke Fische hechtartigen Typs mit dünnen, pinzettenartigen Kiefern. Von der Maulspitze bis zum Ursprung der Schwanz-

flosse zieht sich ein breiter dunkler Streifen. Die Rücken- und Afterflossen der Männchen sind schwarz gesäumt.
Da die Fische viel Schwimmraum brauchen, sollte man den Pflanzenbesatz auf die Beckenränder beschränken. Auch Schwimmpflanzen stören die typischen Oberflächenfische. Die Süßwasserhornhechte sind schreckhaft und springfreudig, wir sollten also für einen ruhigen Standort sorgen. Verschreckt durch das Becken jagende Tiere verletzen sich leicht die empfindlichen Kiefer. Sie sind in dieser Hinsicht problematische Pfleglinge. Andererseits sind die Lebendfutterfresser aber bei der Auswahl der Nahrung nicht wählerisch.
Hornhechte werden ab 15 cm Länge geschlechtsreif. Sie sind Pflanzenlaicher. Die Aufzucht der Jungen mit reichlich Lebendfutter ist für erfahrene Fischzüchter nicht schwer.
Sinngemäß gelten die zum asiatischen Süßwasserhornhecht gemachten Angaben auch für die aus Südamerika stammende Art *Potamorrhapsis guianensis.*

Schützenfische (Familie Toxotidae)

Von den fünf Toxotes-Arten werden nur zwei gelegentlich im Handel angeboten. Davon ist die hier beschriebene Art *T. chatareus* für das Süßwasseraquarium geeigneter als die etwa ebenso häufig angebotene Art *T. jaculatrix* (bzw. *jaculator*), da *T. chatareus* vorzugsweise im Süßwasser lebt, während *T. jaculatrix* ein Brackwasserfisch ist, dessen Pflege sich auf längere Sicht schwieriger gestaltet.
Im Verhalten dieser nahe verwandten Arten gibt es keine gravierenden Unterschiede; alle jagen ihre Beute so, wie unten beschrieben.

Der Gefleckte Schützenfisch
Toxotes chatareus
HAMILTON-BUCHANAN, 1822
Foto Seite 18 oben

Die silbrigweißen Schützenfische mit den schwarzen Querstreifen sind durch ihr tiefgespaltenes Maul und die riesigen Augen gekennzeichnet. Von *T. jaculatrix* unterscheidet sich *T. chatareus* durch die Flecken in der Rückengegend, die sich zwischen den Querstreifen befinden.
Der Gefleckte Schützenfisch ist in Hinterindien, Inselindien bis zu den Philippi-

nen, in Neuguinea und Australien ein verbreiteter Fisch, der vielerorts auch als Speisefisch gefangen wird.
Im Aquarium sind Gefleckte Schützenfische problemlos, solange man nicht versucht, sie mit ihresgleichen zu vergesellschaften. Gegen Artgenossen sind sie im Aquarium nämlich meist unverträglich; eine etwas erstaunliche Erfahrung, da die Fische im Freiwasser oft gesellig in Trupps angetroffen werden. In der Regel sind Schützenfische mit nicht zu kleinen anderen Arten gut zu vergesellschaften. Einzelne Tiere können mit zunehmendem Alter anderen

Der Gefleckte Schützenfisch (*Toxotes chatareus*) spuckt mit einem Wasserstrahl nach Beuteinsekten.

Mitbewohnern jedoch durch fortwährendes Jagen lästig werden. Sicher ist dieses Verhalten auch Ausdruck ihres starken Bewegungsbedürfnisses. Wir müssen den Oberflächenfischen auf jeden Fall ausreichend pflanzenfreien Schwimmraum anbieten!
Schützenfische sind problemlos zu ernähren. Sie lernen es sehr schnell, sich

auf jedes ins Wasser geworfene Fleischstückchen zu stürzen. Neben jeder Art nicht zu feinen Lebendfutters nehmen sie gern auch Mehlkäferlarven oder Futtertabletten. Von Flockenfutter allein werden sie nicht satt.

Natürlich möchte jeder Schützenfisch-Halter gern auch die ausgefallene Jagdmethode kennenlernen, das Schießen. Die Tiere haben ihren Namen nach der Fähigkeit, Insekten, Spinnen und anderes Kleingetier mit einem zielsicher ausgespritzten Spuckstrahl zu treffen und ins Wasser zu spülen. Eine Rinne in ihrem Oberkiefer wirkt wie der Lauf einer Wasserpistole. Durch kräftiges Zusammenpressen der Kiemendeckel wird das Wasser auf bis zu 1,5 m weit hinausgedrückt.

Das »Schießen« ist aber nur eine zusätzliche Methode der Nahrungsbeschaffung. Gut eingewöhnte Schützenfische zeigen dieses Verhalten nach einiger Zeit auch im Aquarium. Wenn man den Wasserstand absenkt, kann man als »Ziel« beispielsweise einen kleinen Klumpen Tubifex innen an die Frontscheibe heften. Oft braucht man jedoch eine gehörige Portion Geduld, bis man das »Schießen« beobachten kann. Manchmal haben Schützenfische aber keine Hemmungen und spucken sogleich auf das Auge des ins Becken hineinschauenden Pflegers.

Ein Wort zum Schluß

Ich würde mich freuen, wenn ich möglichst viele Leser dieses Büchleins ermutigen konnte, es mal mit Raubfischen im Aquarium zu versuchen! Die fach- und artgerechte Haltung dieser Fische ist sicher eine sinnvolle Alternative zu den bunten Schwarmfischen des Gesellschaftsaquariums.
Als Liebhaber von Raubfischen muß man allerdings auch etwas von der Mentalität seiner bevorzugten Fischgruppe mitbringen:
Ein Raubfisch kann lange warten oder hartnäckig suchen, bis er endlich seine Beute gefunden hat. Dann allerdings schnappt er ohne langes Zögern zu! Als angehender Raubfischfreund sollten Sie sich beim Gang durch die Zoofachhandlungen ebenfalls mit Geduld wappnen. Einige Arten – Schmetterlingsfische, Schützenfische, Flösselhechte, Piranhas und ein paar weitere – werden immer mal wieder zu haben sein. Bei anderen Arten muß man tatsächlich Ausdauer beweisen und auch seinem Händler mal erzählen, was man denn schon so lange sucht. Irgendwann hat man dann aber Glück – und hoffentlich gerade noch ein Aquarium für seinen Räuber frei.

Register

Fettgedruckte Seitenzahlen weisen auf ausführliche Beschreibungen hin.

Register

Register